UNE GOURMANDISE

至福の味

ミュリエル・バルベリ

高橋利絵子訳

早川書房

至福の味

UNE GOURMANDISE
by
Muriel Barbery

Translated by
Rieko Takahashi
First published 2001 in Japan by
Hayakawa Publishing, Inc.
This Book is published in Japan by
arrangement with
Éditions Gallimard
through Bureau des Copyrights Française, Tokyo.

装幀／唐仁原教久

ステファンへ。あなたがいなかったら……

ピエール・ガニエールへ、そのメニューと詩に感謝をこめて

至福の味

味　覚

グルネル通り、寝室

晩餐のテーブルにつくとき、わたしは一国の王となる。食事の問の数時間は、誰もが王となり、太陽となる。その日のメニューが、その場にいる者の将来を決め、未来への展望を目の前に広げて見せるのだ。希望とは、絶望的なほど近くにあるものかもしれないし、うっとりするほど遠くに、光り輝いて見えるものかもしれない。わたしは、まるで古代ローマの執政官が円形競技場へ入るときのように広間へすべりこんでいく。すると、拍手喝采がわきおこる。わたしは、高らかに晩餐のはじまりを告げる。権力というものを味わったことのない者には想像もつかないことだろう。突然、アドレナリンが全身をかけめぐり、自然に身体が動きはじめるのだ。疲れなどどこかへ消えてなくなり、わたしは絶えることのない喜びに身をまかせ、うっとりと権力に酔いしれる。戦うことをやめ、己が勝ち取った勝利をかみしめる瞬間だ。そして、その勝利の瞬間から、絶えず恐怖を味わうことにもなる。

フランスで最高級とされるレストランのテーブルにつき、最上の料理を食べても、欲求というものが満たされることが決してない。獲物を追う猟犬のように興奮し、それ以上のものを常に求めている。

わたしは、世界で最も著名な美食家であり、また批評家でもあると自負している。料理という、芸術としてあまり世に認められていなかった分野を、光のあたるステージへ引き出したのはこのわたしだ。誰もがわたしの名を知っている。パリでも、リオでも、モスクワでも、ブラザビルでも、サイゴンでも、メルボルンでも、たとえアカプルコでもわたしを知らない者はいないだろう。わたしは名声を勝ち得てきた。もちろん悪評をたてられたこともある。贅をつくした晩餐にはほとんどすべて出席してきた。主賓としてもてなされたこともあれば、冷淡にあしらわれた経験もある。ときには辛口の、ときには蜜のように甘い批評を書き、あらゆる新聞紙上で発表してきた。テレビ番組に出演することもあれば、講演会を開くこともあった。いずれの場合も、みなの関心は専門雑誌で披露した話題や週刊誌に掲載された記事についてで、また同じことを長々としゃべってくれと求められるのだ。わたしは、数限りない栄誉をこの身に受けてきた。そのうちのもっとも輝かしい栄光を、まるで蝶の標本をつくるように、わたしはボードにピンで留めておいた。あれほど繁盛していた〈パルテ〉が今では閑古鳥が鳴いていることも、〈サンジェール〉がつぶれてしまったことも、それとは逆に、〈マルケ〉は評判が高く、まるでそこから光を発しているように、いつも光り輝いていることも、すべてわたし、わたし一人の功績だ。

わたしの残した言葉は永久にたたえられるだろう。しかし、私自身は明日死ぬのだ。四十八時間後、わたしはこの世を去る……。これまでの六十八年間、わたしはなんとか死を逃れてきた。今日になって、はじめてそのことに気がついた。だが、いずれにせよ、判決は昨日すでに下されてしまった。「気の毒だが、君にはもう四十八時間しか残されていない」医師であり、わたしの友でもあるシャブロがそう言ったのだ。なんと皮肉なことだろう！　この何十年もの間美食の限りをつくし、ワインやアルコールと名のつくものはなんでも浴びるほど飲んできた。わたしのもっとも忠実な僕である肝臓と、その弟分の胃は、バターをたっぷり使った料理や、甘いクリーム、こってりしたソース、フリッター、そういったものをいつもめいっぱい詰めこまれ、ありとあらゆる味を堪能し、満足しきっていた。そして、最高の高みへと昇りつめようとしていたのだ。それなのに、わたしの心は満たされないままだ。虚ろな心を抱いたまま、わたしは現世に別れを告げようとしている。なんという責め苦だろう！　わたしはこれまで料理人たちを、芸術家たちを、何かが足りない、何かが欠けているといって、どれほど苦しめてきたか知れない。それがまさか自分の身に降りかかろうなどとは夢にも思っていなかった。尖ったナイフのように、満たされない思いがわたしの心を責めさいなむ。時を追うごとに、その切っ先はますます鋭くなっていく……。

わたしの死期はもうすぐそこまで迫っている。だが、そんなことはたいして重要ではない。昨日から、シャブロが最後の判決を下したときから、肝心なことはただ一つだけだ。死を目前にしても、わたしは、心の中にしっかりと根づいている、あの〝味〟を思い出せずにいる。あの〝味〟は、わたしが人生でいちばんはじめに味わったもの、そして最後を飾るにふさわしいものなのだ。それさえ思い出すことができれば、わたしの心は満たされ、穏やかになるだろう。それは、まだほんの子供の頃、あるいはもう少し経って思春期にさしかかる頃、料理を批評することもまだなかった時代、ましてや、どんなものが食べたいと主張することすらなかった時代に口にした、ほかのどんな料理とも違う不思議な味だった。わたしはすっかりその味を忘れてしまって、どこか心の奥深いところにしまいこんでしまったのだ。だが、最後の最後というときに現われて、わたしに何かを訴えかけている。わたしはそれを必死に探し求めている。ところが、どうしても見つけることができないのだ。

ルネ

グルネル通り、管理人室

まだほかに何があるって言うのさ？

金持ち連中は、神様が決められたことだけじゃ満足できないのかしら？　外をぶらぶら散歩してきて、廊下を靴の泥で汚したって、それをきれいにするのも、埃を吸いこんで咳き込むのもあたしのほうなのに。くだらないおしゃべりや心配事を聞いてやったり、ペットの犬や猫に餌をやったり、植木に水をやることも、子供たちに鼻をかませてやることも、みんなあたしの役目なんだ。あいつらがこれ以上ないってくらい鼻高々でチップをくれたりするときも、あたしは素直にそれを受け取ってやるのに。香水の匂いをかがされるのも、ドアを開けてやるのも、郵便物を部屋まで届けてやるのもこのあたし。あいつらのところに届くものといえば、銀行口座の明細とか、資産はどのくらいになるかとか、信用貸しの枠はあとどのくらい残っているかとか、そんな通知ばっかり。それでも、部屋まで持っていくと、さもうれしそうに笑って見せるんだ。それにもあたしは笑顔でこたえてやっているのさ。管理人が、金持ち連中と同じ建物に住んでいたって何の得にもなりゃしない。すべては管理人室の向こう側のこと。あいつらは、あたしに挨拶するのだって、ほかの人に見つからないように隠れてこっそりやるんだから。管理人室の薄暗い小部屋には、クリスタルのシャンデリアも、エナメルの靴も、キャメルのコートもない、ただ古びた家具があるだけ。それを見るのがあの連中は嫌なのさ。でも、逆に、それを見ればかえって安心するくせに。自分たちが上流階級に属していて、管理人なんかとは身分が違うんだっていうことがわかるから。あたしがいれば、自分たちの気前のよさも、上品さもぐっと引き立つんだからね。それでも、あの連中はまだ満足できないでいるんだ。なぜって、それよりもなによりも、あの頑固じいさんのことが気になるから。日を追うごとに、時間を追うごとに、ううん、それどころか一秒ごとにあいつらの不安は大きくなっていく。金持ちにしかない苦労なんて、あたしには理解できないね。

ご主人さまの病状が知りたいなら、ドアのベルを鳴らせばすむことなのにさ。

財産

グルネル通り、寝室

思い返すと、わたしはいつも食べることが好きだった。いちばんはじめにおいしいと思ったものを、はっきりとこれだと言うことはできないが、子供の頃好きだった料理のことはよく覚えている。祖母が作ってくれたものだ。それについては、あまり疑いをさしはさむ余地はない。何か祝いごとがあると、ソースのかかった肉料理に、やはりソースのかかったジャガイモが付け合わせに出てきた。そのソースをパンにつけて食べるのだ。そんなことをしていたのは子供の頃だけのことなのか、それともその後も、シチューをパンにつけて食べたりしていたのかわからない。だが、祖母が作ってくれた、あのソースがたっぷりかかったジャガイモの料理を食べたときほど、がつがつとむさぼるように食べたことは、ほかに記憶がない。ソースの味がしみこんだジャガイモは、なんともいいようのないおいしさなのだ。それでは、わたしの心の中に突然現われた、すっかり忘れてしまっていたあの〝味〟とは、祖母のジャガイモ料理のことだったのだろうか？

だが、妻のアンナが作る若鶏の赤ワイン煮込み《コック・オー・ヴァン》にも、ソースのかかったジャガイモがついてくる。

祖母に作ってもらったものでなくても、ジャガイモの料理ならそれで充分だ。しかし、それはわたしが探し求めている〝味〟とは違う。それは、わたしが今まで記事に書いたり、講演で話したことのないもの、記憶の中にはもう残っていないもの、いくら考えても思い出せないものなのだ。子供の頃に食べたとき、ポトフはこの世のものとは思えないほどおいしかった。若鶏の猟師風は、口に入れただけで気が遠くなりそうだった。赤ワイン煮込みには目眩《めまい》をおぼえたし、仔羊のクリーム煮のときはしばらく口がきけなくなるほど驚いた。わたしは、子供の頃から肉料理が、特にソースを使ったものが好きだった。それは今でも変わらない。しかし、鍋から立ち上ってくる、大好きな肉料理のおいしそうな匂いも、今わたしが求めているものではない。

子供の頃から好きだったものは、今でも決して嫌いになったわけではない。だが、大人になるにつれて味覚もだんだん変わり、外国の料理や、何か特別な食材をつかった煮込み料理を好んで食べるようになった。よけいなものはいっさい使っていない、いろいろな国の料理を組み合わせたものをおいしいと思うようになったのは、ずっと後、大人になってからのことだ。はじめてすしを口にするまでは、その洗練された味わいや舌触りを理解することはできなかった。しかし、今ではもうすっかり馴染みのものになってしまっている。生牡蠣のおいしさを発見した日のことは、今でも忘れていない。塩気のあるバターを塗ったパンと一緒に食べると、舌の上でとろけそうになる。そのビロードのようなやわらかな食感は、エロティックでさえあると言える。これまでに繊細で微妙な味わいのするものを数多く味わってきた。そのどれもが、口にすると魔法にかかったようになり、食べるという行為そのものが、なにか宗教めいたもののように感じられるのだ。なかでも、すしの味わい深さと、生牡蠣のクリスタルのような透明感のあるおいしさは、両極端を成している。その両極端の間にあるほとんどすべてのものを、わたしは、常に誰よりも先に口にしてきた。わたし自身が、料理の百科事典になれるほどだ。だが、わたしの心に届くのは、いつもずっと後になってからなのだ。

ポールとアンナが廊下で何か話している。低い声だが、わたしの耳にも聞こえてくる。わたしは目を少し開いた。すると、いつものように、完璧な弓形をした彫刻が目に入った。妻のアンナがわたしの六十歳の誕生日にプレゼントしてくれたものだ。今ではもう、遠い昔のことのように感じられる。ポールが足音を忍ばせて、そっと部屋に入ってきた。たくさんいる甥や姪のなかで、わたしが気に入っていて、高く評価しているのはポールだけだ。人生の最後の数時間を共に過ごすことを認め、死を目前にした心の動揺を打ち明けたのも、妻のアンナ以外にはポールしかいない。だが、今のわたしには、もう話す気力も残っていない。

「何か召し上がる？　デザートでも持ってきましょうか？」アンナが言った。その声は涙声になっている。

アンナがそんなふうに悲しむ姿を見るのは、わたしには耐えられない。わたしはアンナを愛している。わたしの人生を彩ってくれた美しいものを、これまでずっと愛してきたように。美しいと思うものを、いつもわたしは自分のものにしてきた。そして、死ぬまでそれを手放すつもりはない。感傷に浸るなどということは、わたしには必要のないことだ。多くの財を築いてきたことも、絵画を手に入れるように、人間の心や存在価値を金で支配してきたこともまったく後悔してはいない。芸術作品にだって人間の魂が込められているのだから、わたしが人に対してしてきたことも、絵画を金で手に入れることと同じはずだ。しかし、芸術作品からは何かを生み出すことはできないし、そこからまた何かを作り出すこともできない。わたしにはそれがよくわかっている。アンナは、わたしがこれまでに所有してきたもののなかで最も美しいものだ。なんの臆面もなくそう思うことができる。四十年もの間、アンナはその美しさでわたしの人生を彩り、優しさでわたしの王国を満たしてくれた。

アンナが泣く姿を、わたしは見たくない。いまわの際に立たされて、アンナが何かを期待していることが、もうすぐそこまで死が迫っているこの最後の瞬間を耐え難いものだと感じていることが、わたしにもようやくわかった。結婚してから、わたしたちの会話はずっとかみあわなかった。話をするのはいつもアンナだった。アンナは、わたしが死んでも、わたしが生きているときと同じように話しかけてしまうのではないかと恐れている。わたしが返事をしないことは一緒だが、もしわたしが死んでしまったら、もしかしたら何か言ってくれるかもしれないという希望すらなくなってしまうからだ。その日は恐らく明日、あるいはほかの日になるかもしれないが、確実にやってくる。だが、それを逃れる手だてはもう残されていない。アンナが考えていることが、わたしには手に取るようにわかる。それでも、わたしにはどうしてやることもできない。わたしたちには、言うべき言葉も何もない。わたしが自分の死を受け入れたように、アンナもわたしの死を受け入れるしかないのだ。そうすることをわたしも望んでいる。わたしがもう死ぬのだということを理解してほしい。そして、なんとか平静を保ってほしい。それは、ひいてはわたしのためでもあるのだから。

今となっては、もう大事なことなど何もない。ただひとつ、ぼんやりとしか思い出すことのできない、わたしの心の中にある、あの〝味〟を除いては。わたしには、あの〝味〟を思い出すことも、それをあきらめることも、無視することも、どうしてもできない。自分に裏切られたような気がして、わたしの胸は張り裂けそうだ。

ローラ

グルネル通り、階段

子供の頃、ギリシアのティノスというところで何度か夏休みを過ごしたことがある。暑苦しくて、なんの面白味もないひどいところだった。それは、島を一目見ただけで、島に足を一歩踏み入れただけでわかったことだった。船から降りて、アドリア海から吹く風を感じた瞬間、島にすっかり嫌気がさしてしまったことを覚えている。

テラスでくつろいでいるとき、グレーと白の大きな猫が、突然、壁を乗り越えてやってきた。その壁が、観光客用の別荘と島に住む人たちの住まいとを隔てていた。島の住人が暮らしている家は、こちら側からは見えないようになっていたのだ。その壁を乗り越えてやってきた猫は、それほどひどく痩せているわけではなかったので、わたしはあまり関心を持たなかった。なぜなら、腹をすかせ、やせ細った動物たちが、通りにはあふれていたからだ。餌を求めてさまよい歩くその姿を見ると、胸がしめつけられるようだった。一方、その猫は、生きていくためにはどうすればいいかちゃんと心得ていた。壁を乗り越え、テラスまでくると、今度は大胆にも食堂のドアを押し開けて中へ入る。テーブルの真ん中には鶏の丸焼きが置いてあった。わたしたちが中へ入っていくと、ちょうど猫が晩餐のテーブルについているところだった。人間に見つかっても、猫はおびえたようなそぶりはちっとも見せなかった。ちゃんと逃げる手段を心得ていたからだ。愛嬌をふりまいてなんとかその場を取り繕い、相手がちょっと気を許した隙に、さっとひと飛びして、さっさと窓から逃げ出してしまった。もちろん口にはしっかりと戦利品をくわえていた。それは、子供たちがいちばん楽しみにしていた料理だった。

当然、あの人はその場にはいなかった。何日かしたら、アテネから戻ってくることになっていた。戻ってきたら、誰かが猫のことを話すだろう――きっとママが言うにちがいない。あの人がママのことを見下していることも、ママのことなんかちっとも愛していないことも、ママは全然わかっちゃいない――猫にご馳走を盗まれた話を聞いても、あの人はなんの関心も示さないだろう。わたしたちの知らないどこか遠い国の、もっと別のご馳走のことで頭がいっぱいなのだから。そして、落ち窪んだ目でわたしを見つめてこう言うのだ。「人間だっておんなじさ。なんとかして生きていかなけりゃならない。その猫は、いい教訓になる」あの人が、わたしには何も期待していないということが、その目の光から読み取れる。あるいはそれは、わたしに対する嫌悪の情かもしれない。それとも、わたしを憎んでいるのだろうか。おそらく、そのどれも本当なのだろう。あの人の言葉が、わたしの頭の中で鐘の音のように鳴り響き、わたしの心を傷つける。まるで拷問にでもかけられたように、わたしはすっかりおびえ、胸が苦しくなる。わたしという人間

――小さな女の子――は、取るに足りない、ちっぽけな存在なのだ。

あの人には思いやりというものがまるでなかった。横柄な態度にも、何かを自分のものにしようとするときの高圧的なそのやり方にも、満足そうな笑い声にも、人を見るときの鷹のような目つきにも、ひとかけらの優しさも感じられなかった。あの人がくつろいでリラックスしている姿を、わたしはただの一度も見たことはない。そのせいで、あの人の前では、わたしはいつも緊張していた。あの人がわたしたちと一緒にいることなど滅多にないことだったが、あの日は朝食のときから同じテーブルについていた。誰にとっても苦しい一日のはじまりだった。お互いに相手の腹の探りあいをしているようで、会話は途切れ途切れにしか続かなかった。しかも、話題はローマ帝国の衰退についてだった。そして、昼はどこか外で食べることになった。食事のついでに、わたしたちは買い物に出かけた。市場はものすごい喧騒だった。ママは背中を丸めて歩いていた。いつだってそうなのだ。そして、あの人はまたどこかへ行ってしまった。わたしたちのいない、わたしたちの想像もつかないところへ。そこであの人は、ほかの女の人と、わたしたちと行くのとは違うレストランへ食事に行き、わたしたちと過ごすのとは違う休暇を過ごすのだろう。おそらく、あの人がここを出た瞬間に、わたしたちはハエのような存在になってしまうのだ。うるさくつきまとうようなら、簡単に手のひらでつぶしてしまえる小さな虫に。そうすれば、もうわたしたちのことなど考えなくてすむからだ。わたしたちは、あの人にとってはただの虫けらなのだ。

ある日の夕暮れのことだった。あの人はポケットに手を入れ、わたしたちの前を歩いていた。ティノスには商店街と呼べるような通りはひとつしかなかった。その通りには観光客目当ての小さな店がいっぱいあったが、あの人はそのどれにも目をくれず、尊大な足取りで歩いていった。地面が、わたしたちの足元から崩れ落ちていくようだった。あの人の足元からも地面が崩れていった。それでも、あの人はどんどん前を歩いていく。あの人とわたしたちの間には大きな深い溝ができてしまった。わたしは恐ろしくて、そこから一歩も進むことはできなかった。わたしの小さな足では飛び越えることはできなかったのだ。あの人がわたしたちと一緒に夏休みを過ごすのは、これが最後になるとは、まだわたしたちは知らなかった。次の年、あの人がわたしたちと一緒には来ないのだと知らされたときは、ほっとしたような、逆に、ひどく腹立たしいような気がした。わたしたちには成す術もなく、あきらめるしかなかった。しかし、事態はそれだけではすまなかった。わたしたちの遊び場を、ママがまるで幽霊のようにふらふらとさまよい歩くようになったからだ。そんな目に遭っても、わたしたちはただ黙ってそれを受け入れた。あの人がいてもあまりいいことはなかったが、いなくなったら、もっとひどいことが起こったのだ。だが、あの日、あの人は確かにわたしたちと一緒にいた。ものすごい早足で、どんどん坂を登っていった。わたしは息を切らせ、ネオンがピカピカ光っている安っぽいレストランの前で足を止めた。早く歩いたので脇腹が痛んだ。腰に手を当てて、なんとか呼吸を整えようとしていた。そのとき、あの人が弟のジャンと一緒に坂を降りてくるのが目に入った。ジャンは顔面蒼白で、涙に潤んだ大きな目でじっとわたしを見つめていた。わたしは恐ろしくて、息を詰まらせた。ところが、あの人はわたしには目もくれず、わたしの前を通りすぎると、その安っぽいレストランに入っていった。わたしとジャンは中へ入っていいものかどうかわからず、店の前をうろうろしていた。あの人は、店の主人に声をかけると、カウンター越しに手を上げ、三本の指を立てた。その指は、一本一本が大きく開いていて、はっきりと「三」という数字を示していた。そして、あの人は、わたしたちにも店に入って、バーの奥のテーブルにつくようにと、ぶっきらぼうに手で合図した。

　あの人がその店で注文したのは、ターキッシュ・ディライト（レモン、蜂蜜、小麦粉などで作るトルコの砂糖菓子）だった。熱い油でからっと揚げた、外はパリパリ、中はふわふわでとろっとした、小さな丸い形をした揚げ菓子だ。あつあつのうちに蜂蜜を塗って小さな皿に盛り、フォークを添えて出す。水の入った大きなコップもついてくる。あのとき、なぜわたしはあんなことを言ってしまったのだろう。いつもこうなのだ。わたしが考えていることは、いつもあの人と一緒なのだ。わたしがすることも、あの人と同じ。あの人がそうするように、わたしもいつも人の先回りをして考えてしまう。あの人のように、わたしも言いたいことをはっきり言わないし、先に延ばしてしまう。そのせいで、何か言葉に出して言うと、よけいな誤解が生じてしまったり、違うことを言ってしまったりするのだ。あの人もわたしたちと同じものを食べるのだと、以前に誰かが言っているのを聞いたことがある。魔法のような言葉だ。しかし、今はもうその言葉を信じさせてくれるような証拠をつかむこともできない。なぜなら、せっかくのそのチャンスをわたしが自分で棒にふってしまったからだ……。わたしは、確かにあの人の娘なのだ……。

あの人は、揚げ菓子を一口かじると顔をしかめた。そして、皿を遠くのほうへ押しやると、わたしたちのほうを見た。わたしは、あの人のことは見ていなかった。ただ、右側に座っていたジャンがすっかり緊張しきっているのはわかった。揚げ菓子を取ろうと手を伸ばしたとき、あの人がわたしとジャンを馬鹿にしたような目でじっと見つめていることにわたしはようやく気づいて、その場に釘づけになった。

「その菓子が好きか?」あの人は、しわがれた声でわたしに聞いた。

わたしはどぎまぎして、どう答えていいかわからなかった。わたしの隣で、ジャンがゆっくと唾を飲みこむ音が聞こえた。わたしは急に反抗的な気分になった。

「ええ」つぶやくような小さな声で、わたしは答えた。

「どうしてだね?」あの人が、またわたしに聞いた。その声は、前の質問のときよりずっとそっけなかった。でも、あの人がわたしをじっと見つめることなんて、本当にこれがはじめてだった。あの人の目には、わたしに対する希望の光が灯っていた。それは、これまで想像もしたこともないものだった。わたしは不安になり、その場から動けなくなってしまった。あの人はわたしには何も期待していない、と思うことが、わたしには当たり前になっていたからだ。

「どうしてって、おいしいからでしょ?」わたしは肩を落として言った。

なぜあんなことを言ってしまったのだろうか。馬鹿なことをしてしまった。何度も何度も、あのときの記憶がよみがえってくる。そして、映像となって浮かび上がる――思い出したくもない、あのつらい出来事が――あのとき何かが変わっていたら、父親のいない、愛情に飢えたわたしの子供時代は、愛情に満ち溢れた、光り輝いたものになっていたかもしれない……。まるで、映画をスローモーションで見ているように、あのときの場面が次々とスクリーンに映し出されていく。あの人が質問する。わたしが答える。そしてしばらく間があってから、あの人のがっかりした表情。あの人の瞳に輝いていた光は、あっという間に消えてしまった。うんざりしたような顔をして、あの人はわたしに背を向けると、勘定を払いに行った。わたしはまた、あの人の無関心という鳥籠の中に閉じこめられてしまったのだ。

いったい、わたしはここで何をしているんだろう？　こんな、アパートの階段で。遠い過去に過ぎ去ったつらい記憶を思い起こして、胸をいためているなんて――それでも、何年も長い間苦しんだおかげで、そうした過去のつらい思いも消えてしまった。毎日毎日、自分にこう言い聞かせてきたからだ。もう恨むのはよそう、恐れるのはよそう、あの人は私自身なのだから。わたし、ローラは、あの人の娘なのだ……。でも、やっぱり行けない。わたしにはパパなんかいなかった。だからあきらめよう。

肉料理

グルネル通り、寝室

船を降りると、人ごみと喧騒、埃、疲れきった人々の顔がそこにはあった。二日間旅を続けてきて、すっかりへとへとになってしまったというのに、スペインはまだ遠くのほうに霞んで見える。それほど遠くへは来ていないのだ。いったい何が起こるかと不安な気持ちを抱えて、何キロもの道のりをここまで旅してきた。そのせいで、精神的にも疲れ果ててしまった。身体を休める暇などほとんどなかったし、睡眠も少ししか取れなかった。船内は乗客でごった返していて、ひどい暑さだった。おまけに、船はのろのろとしか進まないので、いらいらして、身も心も、もうぐったりだ。やっと港に着いて、ここからは少しまともな旅ができると思ったのも束の間、これから先のことを考えると日眩を起こしそうだった。

わたしたちは、タンジール（モロッコ北部の港湾都市）の港に降り立った。ここは、恐らく地上最強の都市だろう。スペインのマドリッドとカサブランカ（モロッコ北西部、大西洋岸の港湾都市。同国最大の都市）を結ぶ港であり、多くの人が旅の途中で船を乗り降りする。世界的にもその名を知られた大きな港湾都市だ。しかし、だからといって、対岸にある港町のようにはなっていない。タンジールの港は開放的で、活気に満ち溢れ、旅の分岐点としての役割も充分に果たしていた。どこかほかの都市から来てこの港に立ち寄った者を、一瞬のうちに飲みこんでしまうのだ。わたしたちの船旅もようやくここで終わりを迎えることになった。わたしの母はラバト（モロッコの首都）という町で生まれた。わたしたちは、いつもそこで夏を過ごしていた。旅の目的地もラバトだったのだが、わたしたちはタンジールに腰を落ち着けることになった。そこで、港から車に乗り、メディナ（北アフリカ諸都市の旧市街）へと続く険しい道を通って、ブリストルホテルへ向かった。質素だが、清潔な感じのホテルだった。そしてシャワーを浴び、今度は歩いて、予告が出ていた劇場へ行くことになった。

それは、ちょうどメディナの入り口だった。わたしたちは手をつなぎ、広場のアーケードの下を並んで歩いていった。串焼きを売る小さなレストランがいくつかあって、道行く人に声をかけていた。わたしたちは、そのうちのひとつの〈ノートル〉という店に入った。二階へ上がっていくと、大きなテーブルがフロアを占領していた。壁は青一色に塗られ、窓からは広場のロータリーが見わたせた。テーブルはひとつしかなかったので、わたしたちはその大きなテーブルについた。お腹はペコペコで、胃がきりきりと痛んで締めつけられるようだった。メニューにはそれほど選択の余地はなく、たいした料理は食べられそうになかったが、それでも料理が出てくるのが待ちきれなかった。今にも壊れそうな扇風機が、きいきいと音を立てながら涼しい風を部屋に運んできていた。だが、暑さはいっこうにおさまらなかった。ウエイターがいそいそとやって来て、ガラスのコップと冷たい水の入った水差しをフォーマイカ材のテーブルの上に置いた。コップはべたべたしていて気持ちが悪かった。母は、完璧なアラビア語でウエイターに注文をした。すると、五分もしないうちに、料理がテーブルに運ばれてきた。

恐らく、それはわたしが求めている〝味〟ではない。だが、どんな料理だったのか、思い出してみることにしよう。あのときのメニューは、肉団子のあぶり焼き、羊の丸焼きとサラダ、それにミントとガゼルの角が入ったお茶だった。わたしは、アリ・ババになったような気分だった。そこは、財宝が隠してある洞窟だった。料理のリズムは完璧で、味も申し分なく、その場にあるすべてのものの調和がとれて、玉虫色にきらきらと輝いているようだった。料理の順番も、そのタイミングも、厳密に決められたとおりにきちんと出てくるところなど、ほとんど崇高とまで言えるほどだった。肉団子は固く、しっかり火が通っていたが、ぱさぱさした感じは全然しなかった。スパイスが効いていて、あつあつを頬張ると、口いっぱいに肉のうまみが広がり、生半可な味では満足しない大の肉好きのわたしでも幸福感に満たされた。ピーマンは新鮮で甘味があり、舌触りがなめらかだった。その味にわたしの舌はすっかり魅了されてしまった。肉料理に感動し、次の料理も余すところなくしっかりと堪能した。料理はどれもボリュームたっぷりだった。ミントとガゼルのお茶は、食事の合間に少しずつ楽しんで飲んだ。スペインでも同じものが飲めるが、フランスにはない味だ。ソーダ水のような感じで、繊細な味がする飲み物ではないが、ソーダ水ほど発泡性はなく、味も悪くはない。飲むと元気が出るような、そんな気がするお茶なのだ。おいしい料理をお腹いっぱい詰めこむと、満腹になりすぎて、残った料理を見るのも嫌になっていた。残り物の皿は、目に入らないよう、できるだけ遠くへ押しやった。横になって休みたかったが、背もたれのない椅子に座っているので、よりかかることもできなかった。すると、ウエイターがやって来て、お茶を注いだ。そして、手早くテーブルの上を片付けると、ガゼルの角が乗った皿を置いていった。それは、誰もがきちんと守っているここでの習慣だった。これからデザートの時間なのだ。みんなもうお腹いっぱいだった。空腹を癒すためでも、甘いものが欲しいからでもなく、とにかくわたしたちは、デザートを胃に詰めこんだ。

もし、今日、どこかへ行かなければならないとしたら、わたしは、恐らく、この日受けた感動を探し求めに行くだろう。単純だが強く印象に残る肉料理の味。もう食べられないと思っても、おいしいものが出されれば、また食べてしまう。そのときのちょっと後ろめたいような幸福感。そこには、文明の本質というものが凝縮されている。狩人が獲物を探し求めるように、旅先ではなんとかおいしいものにありつこうとするものだ。そして、予想もしない、思わぬ味に出会い、望外の喜びをかみしめることもある。あの日のタンジールでとった食事がまさにそれだった。

それ以後、あの港町へは一度も行っていない。例えば、こんな場面を頭に思い描くこともあった。船旅でひどい嵐に遭い、どこかの港に避難してくれないかと思っていると、やっと船が港にたどり着く。それがタンジールだった――ところが、そんなことは一度も起こらなかった。しかし、そんなことはもうどうでもいいのではないか？　わたしは、臨終の床で、これまでの罪の償いをしているのだから。贅を極めた晩餐を数多く体験し、華々しい名声をかち得てきた。その輝かしい批評家としての栄光からは遠く離れ、人間の本質というものを感じている。そして、今、自分の心を解放してくれるものを必死に探し求めているのだ。

ジョルジュ

プロヴァンス通り

Une gourmandise

彼にはじめて会ったのは、〈マルケ〉へ行ったときのことだった。その当時、彼がレストランで食事をしているのを、せめて一度くらいはこの目で見たいと思っていたのだ。支配人に軽く会釈をする彼の慣れたしぐさは、まるでライオンのように堂々としていた。部屋のほぼ中央に立ち、ほとんど直立不動で、シェフのマルケと打ち解けた感じで談笑していた。マルケはいつも厨房に引きこもっているのだが。このときばかりは隠れ家から出てきていた。彼はマルケの肩に手を置き、テーブルに着くまで、ずっとその手を離さなかった。大勢の人が彼を取り巻き、大きな声で話していた。彼のほうは、ほかの客のことなどまるでお構いなしだった。優雅な雰囲気が漂い、そこだけ光り輝いているようだった。だが、周りに群がっているのは、彼の様子をこっそりうかがい、その恩恵にあずかろうとしている連中ばかりで、彼の話をまともに聞いている者などいなかった。彼を取り囲んでみんながおしゃべりしているその周りを、支配人がまるで天体のようにぐるぐる回っていた。

支配人が彼の耳に何事か囁いた。「今日はここに、お若い同業者の方がお見えですよ」きっと、そんなようなことを言ったにちがいない。彼が振り向き、わたしのほうを見たからだ。その瞬間、わたしは、レントゲン写真でもとられたかのように、何もかも、自分に能力のないことまで見透かされてしまったような気がした。だが、それも、ほんの一瞬のことだった。彼はすぐに前を向き、それとほとんど同時にわたしを自分のテーブルに招いた。

そこには、美食家として知られる人々がズラリと勢揃いしていた。ときどきこうして集まると、何か気の効いたことをやろうということになるのだが、その日は若手の批評家がいると聞いて、彼と一緒に食事をさせることにした、ということだった。駆け出しの若造にとってはみんな雲の上の人たちだ。実際に間近で見たことすらなかった。説教でもされるのかと思ったのに、昼食に同席させられてしまったのだ。そばにいた取り巻きの連中も驚いていた。彼は、最高権力者としてその場に君臨していた。食事の前には、宗教会議のように仰々しい儀式がいくつか執り行なわれた。何がなんだかわからずぼんやりしているわたしを含め、すべてを取り仕切っているのは彼だった。ルールはいたって簡単だった。みんなで食事をし、それぞれが意見を言い合う。彼がそれを聞いて、評決を下す。それだけだった。わたしは、凍りついたように、まったく身動きがとれなかった。それはまるで、野心はあってもなかなか自分からそれを言い出せないでいた若者が、はじめてボスの部屋に呼び出されたときのようだった。田舎からパリへ出てきてはじめてパーティに出たとき、通りを歩いていて熱烈なファンの歌手とすれ違ったとき、靴磨きの少年が王女様と偶然目が合ったとき、若い作家が自分の本が出版される日に教会へ入っていくとき——そんなとき誰もがそうであるように、わたしも化石のようにコチコチになっていた。彼はキリストで、その日の食事は最後の晩餐だ。そして、わたしはユダなのだ。嘘をつくつもりなどないのに、結局は裏切り者になってしまう。オリンポスの神々の晩餐に招かれたのは何かの間違いで、夜明けが近づくにつれ、日の光でその姿が照らされ、正体がばれてしまうだろう。食事の間、わたしはずっと口をつぐんでいた。彼も、わたしには意見を求めなかった。何度もこの集まりに参加している常連の人たちが意見を言うと、彼は手厳しい批評を加えたり、優しい言葉をかけたりして、飴と鞭をうまく使い分けていた。ところが、デザートが運ばれてくると、彼は静かにわたしを指名した。それは、オレンジのシャーベットだった。シャーベットが小さな丸い形に盛ってあるだけで、ほかには何も添えられていないそっけないものだった。

〝そっけない〟というのは、わたしの主観的な意見だ。だが、味の基準などというものは、いつだって主観的なのだ。常識の基準など、まるで魔法のようなもので、はっきりと決められているように思われるが、天才が出現すれば、あっという間に足元から崩れていってしまう。その場では、けたたましいおしゃべりが続いていた。食べることよりも、みんな話すことのほうに忙しかった。シャーベットを味わうよりも、自分の意見をまくしたて、詩の朗読でもしているように美辞麗句を並べ立てていた。いちばん的を射ているのは自分の意見だと誰もが思っているのだ。そして、話を長引かせ、なんとか主導権を握ろうと躍起になっていた。そうすれば、いつか自分がこの場を仕切る役目を仰せつかるのではないかと考えているようだった。だがその間に、オレンジのシャーベットは球体の側面が溶けて流れ出し、皿の上でゆっくりと雪崩を起こしはじめていた。シャーベットが必死で訴えても、それに気づく者は誰もいなかった。

その光景を見て、彼はいらいらしていた。かなり不機嫌になっている様子だった。軽蔑的なまなざしを同席の者たちに向けている……。彼の暗く沈んだ瞳が、わたしの目に行き当たった。その目は、わたしの批評を求めている……。わたしは咳払いをひとつした。恐ろしくて身体が震えていた。どうしていいかわからず、顔が赤くなっていくのが自分でもわかった。このシャーベットについて、意見を言いたいことは山ほどあったが、それはここで言うべきことではなかったからだ。美食家たちが一堂に会し、しかも批評家として不動の名声を得た天才を前にして言うことではなかったのだ。だが、何か言わなければならない。それも、今すぐ。彼の目には、燠《おき》のような赤い火が灯っていた。苛立ちを募らせ、待ち切れないといったふうに身体全体で息をしている。わたしはもうひとつ咳払いをした。そして、自分の唇を舐め、敵に向かって突進した。

「祖母が作ってくれたシャーベットの味を思い出しました……」

わたしの前に、いかにも自信たっぷりの若い男が座っていた。その男はわたしの言葉を聞くと、馬鹿にしたような薄ら笑いを浮かべた。だがそのうち、だんだん笑いがこみ上げてきたようで、頬がみるみる膨らんでいった。男は、必死で笑い出すのをこらえていた。しかし、しばらくすると、どうやらそれもおさまったようだった。それが、その男のわたしに対する歓迎の挨拶だった。

だが、彼は、温かい笑顔をわたしに向けてくれた。それは、予想もしないことだった。猟犬の群れの中に隠れた狼が、仲間を見つけて緊張がほぐれ、互いに目を見交わすときのような、親しみのこもった心からの笑みだった。「やあ、こんにちは。君がいてくれて嬉しいよ」その目は、まるでそう言っているようだった。そして、彼は、実際に声に出して私に言った。

「君のおばあさんのことを話してくれ」

彼がわたしの話を聞きたがっている。だが、わたしはまるで脅されているような気分になった。優しい言葉をかけられたようにも聞こえるが、実は、彼の要求にわたしがちゃんと応えられるかどうか、そして、はじめは彼に興味を持たせておいて、その後で期待を裏切ったりしないかどうか試されているのだった。わたしの言葉は、彼を驚かせたようだ。だが、その驚きは、彼にとって心地いいものだったのだろう。みんなとは違うことを言ったので、勇気ある発言ととらえられたのかもしれない。いずれにしても、わたしの言ったことが彼を喜ばせたのは事実だ。しかし、それも、今のうちだけかもしれない。

「祖母の料理は……」わたしはやっと口を開いた。わたしの力量——つまりは、才能を評価してもらうには、どんな表現を使えばいいのか、どんな意見を言えばいいのかと、必死で頭をめぐらした。だが、心の中は絶望的な気持ちでいっぱいだった。

そこでまた信じられないことが起こった。彼が、わたしに助け舟を出してくれたのだ。

「信じられるかね？」彼は、わたしに愛情のこもった笑顔を向けて言った。「わたしの祖母も料理が上手だったんだ。まるで、魔法使いのようだったよ。料理の批評家としてのわたしの経歴も、そもそも祖母が作ってくれた料理の匂いをかぐことからはじまったんだ。子供の頃は、その匂いをかいだだけで、祖母の料理が食べたくて食べたくてたまらなくなったものだ。いや、まさに、〝食べたくてたまらない〟とは、そのことだ。本当に何かが欲しくてたまらなくなることなど、そうあることじゃない。だが、実際にそういう状態になると、催眠術をかけられたようになってしまうんだ。悪魔に憑かれたように魂を奪われ、手足が痺れてきかなくなる。どんな小さなものでもいい、何かひとかけらでも見つけられないかと、夢遊病者のように探しまわる。悪魔のように魅惑的なその匂いに、何もかも支配されてしまう。だが、料理が出されれば気分もよくなり、憔悴しきった身体にも、生きる力とものすごいエネルギーが溢れてくる。祖母の料理は、どれも後光がさしているようにきらきらと輝いていて、生命力に満ちていた。祖母の料理を食べると、そのエネルギーが身体の中に溶け出し、自分と一体化していくような気がしたものだ。祖母は、暖かい光といい匂いでわたしを包んでくれた」

「わたしは、いつも、教会に入るような心境でした」いくらか気が楽になって、わたしは言った。一瞬のうちにひらめいて口から出た言葉だったが、確かな根拠のあるものだった。そして、ゆっくりと、心の中で深呼吸をしてから話を続けた。「わたしの祖母は、あなたのおばあさんとはほど遠い人です。明るくもないし、光り輝いてもいませんでした。頭のてっぺんから足の爪の先まで、プロテスタントの信仰がしみついた、〝尊厳〟とか〝従順〟などといったいかめしいイメージを体現したような人でした。料理をするときも静かで、細心の注意を払っていましたよ。料理に対する情熱も感じられませんでしたが、かといって嫌々していたわけでもありません。料理はいつも白い陶器の皿やスープカップに盛られて出てくるんですが、それをみんな無言で食べるんです。急いで口の中にかきこんだり、料理を見て喜んだり騒いだりするようなこともありませんでした」

「それは興味深い話だな」彼は言った。「わたしの祖母は、本当に料理が上手で、ほとんど神業といえるほどだった。だが、それは、祖母が南仏の生まれで、陽気で、感受性の強い性格だったからだとずっとわたしは思っていた。祖母の作る料理は、南仏の自然のように風味が豊かで温かみがあったからね。それに、祖母はあまり頭がいいほうではなかった。教養もあまりなかった。精神的な素養がない分、かえって、料理に専念できるんだと思っていたんだが」

「それは違います」ほんの一瞬、言うことを考えてからわたしは反論した。「料理の味は、その人それぞれの力量で決まるものです。性格とか、生命力とか、ましてや頭の良し悪しで決まるものではありません。料理に対する愛情とか、こだわりが味に反映されるんです。料理をすることは、職業やビジネスとして考えると、あまり地位の高いものではありません。しかし、高度な技術が要求されるものだということを、その能力に優れた人たちは、誰に言われなくても、ちゃんと自覚しているはずです。例えば女性は、自分の能力に関係なく、ただ女性だということだけで何の理由《いわれ》もない差別を受けていることをちゃんと知っています。一方、男性は家に帰ると、どっかりと腰を落ち着け、女性を顎でこき使うことができるのです。しかし今は、男性が横暴で支配的であるとか、女性も男性を服従させることができるかどうかといった、〝家庭内〟でのことを問題にしているわけではありません。というのは、女性は、男性が〝家庭の外〟へ出ていったときに、自分の力を認めさせることができるからです。女性の力は、男性の心にも身体にも直接作用しています。そして、その成果は、男性の目には実際のものよりも大きく見えるのです。女性の偉大さは、権力やお金や社会的な地位などとは結びついていません。男性を家庭につなぎとめているものは、子供でも、お互いを尊重し合う気持ちでも、ましてやベッドでもない、味覚なのです。女性が男性を籠の中に閉じこめることができるとしたら、それは料理の腕にかかっています。料理の腕次第で、家路を急がせることもできるのです」

彼は、熱心にわたしの話を聞いていた。地位の高い人にしてはめずらしいことだった。彼には、自分と言葉を交わしている人間が、ただたんに縄張りを主張したり、自分の権力を誇示しようとしているだけなのか、あるいは、本当に誰かと対話をしようとしているのかを見分ける能力が備わっているのだった。だが、一方で、周りの人たちは顔を引きつらせていた。ついさっき、わたしをさんざん馬鹿にして、恥をかかせようとしていたあの若い男は、顔からすっかり血の気が引き、虚ろな目でこっちを見ていた。ほかの人たちも、重苦しい雰囲気の中で、じっと押し黙っていた。わたしは、話を続けた。

「では、男性の側はどう思っているのでしょう？　原始以来、男性は、家父長制度の中で育ち、はじめて食べ物を口にした日から、いずれは〝家長〟になるものだと教育され、その考え方が頭の中にしみついています。しかも、家庭では、女性が、簡単ではあっても、自分のために特別に食事を用意してくれるのです。スパイスやソース、クリームをふんだんに使った料理や肉料理、塩味の効いたものなどをたっぷり食べた後で、アイスクリームやフルーツを食べたらどんな感じがするでしょうか？　凝った味のするものではなく、舌にざらざらした感触が残るようなアイスクリームです。口の中がさっぱりしたような感じがしますよね。アイスクリームは、まるでカゲロウのようにはかなく、ゆっくりと舌の上で溶けていきます……。天国にいるような、至福のときです。男性のために女性が食事を作り、その料理を食べた男性がしみじみと幸せをかみしめる。しかし、それと同時に、男性は、女性を支配し尊大にふるまうことはできても、自分ではこの喜びを女性に与えることはできないと気づくのです」

彼は、そこで、わたしの話を丁寧な口調で遮った。そして、自分の話を始めた。

「なかなか面白い話だな。わたしも同感だよ。だが、君は、料理の才能があっても正当に評価されなかったり、女性だからという理由で認めてもらえないことについてしか意見を言っていない。しかし、世の中には、自分の社会的地位になんの劣等感も持っていない、名誉や権力などには興味のない料理人もいるものだよ。それについては、どう説明してくれるんだね？」

「女性が家庭で作ってくれるような料理を作る料理人などいません。料理人には、わたしの祖母やあなたのおばあさんが作ってくれた料理を作ることなど絶対にできないのです。ここでわたしたちが話題にしているのは（わたしは、いかにももったいつけた調子で〝わたしたち〟という言葉を強調して言った）、家庭の中、家というプライベートな空間の囲いの中で女性が作った料理のことだけです。洗練された料理でなくても、いつも〝家庭〟での評価が高いもの――つまり、ボリュームがあって、栄養満点で、〝また食べたい〟と思わせるものです。そして、心の底からわき上がる情熱を感じさせてくれるものでもあります。例えば、〝肉〟という言葉を使ったとき、食べておいしいものと考えるときもあれば、性欲を満たすものというイメージを持つこともあります。それと同じように、女性が家庭で作る料理も、女性の色っぽさとか、男性を引きつける魅惑的な何かが備わっているのです。男性に、女性の料理を食べたいと思わせるのも、女性が家庭で作る料理が、ほかの誰にも作れないのも、この何かがあるからなのです」

彼はわたしに微笑みかけた。周りの人たちはまったくわけがわからず、疲れたような顔をして呆然としていた。ただおいしいものを食べ散らかして、やたらと理屈をふりまわすだけの連中に、わたしたちのことが理解できるはずはなかった。みんなただの負け犬になってしまったのだ。古くなってすっかり黄ばんだ骨を口にくわえてうろついている、みすぼらしい子犬だった。そこで、彼がまたわたしに話しかけた。その言葉は、かわいそうな犬たちに最後のとどめをさした。「君と話していると夢中になってしまうよ。でも、ここでは静かに話の続きができないな。明日、一緒に昼食を食べないかね？　〈レジエールの店〉でどうだろう？」

ついさっきアンナと電話で話して、来ないでくれと言われた。わたしは了解した。もう彼に会えないのだ。もう二度と。彼の偉大な批評家としての経歴もこれで終わりだ。それと同時に、わたしの見習い期間も終了する。彼に対するあこがれが野心に変わり、野心が幻滅に、幻滅が冷笑に変わっていったのも、もう過去のことだ。わたしは若かった。少し気が弱くて、真っ正直な若者だった。そして、実力のある批評家になった。影響力を恐れられ、意見がどこでも尊重されるようにもなった。最高の学歴を持ち、有力者の仲間入りをした。しかし、日を追うごとに、自分がだんだん歳をとり、疲れ果て、無駄なことをしているような気がしてならなくなった。嫌味たっぷりで、同じことを何度もしつこく繰り返す、ただのおしゃべりな老人になっていくような気がするのだ。それはもう徐々に進行していて、止めることはできない。いずれわたしも、頭ははっきりしているのに馬鹿なことばかり言う哀れな年寄りになってしまうだろう。彼は、今なにを考えているのか？　まぶたを通して見えるものはなんだろうか？　少しでも悲しいと思うだろうか？　わずかなノスタルジーを感じているだろうか？　わたしは今、彼と同じ道を歩んでいる。わたしも、彼が犯した間違いや後悔したことを同じように経験するのだろうか？　それとも、彼が残した名声とはほど遠い、遠くかけ離れたところにある自分の今の境遇を哀れんでいるだけなのだろうか？　それは、わたしにはわからない。決して。

王者は死んだ。すばらしき王者に乾杯！

魚料理

グルネル通り、寝室

毎年夏には、ブルターニュへ行っていた。その当時は、学校の授業が再開されるのは九月の半ばだった。祖父母が夏の終わりまで海岸に大きな家を借り、そこに家族みんなが集まった。その家で過ごす時間は夢のようだった。祖父母は素朴な人たちで、ずっと後になって運が向いて裕福になったのだが、それまでは、ただ一生懸命に働いて金を稼いでいた。それなのに、ほかの人たちがマットレスの下にしっかり金を蓄えているというときに、こんな無駄な金の使い方をしていたのだ。そのことは、わたしにはまだ幼くて理解できなかった。しかし、そんな幼い子供でも、どうしたら大人が自分の言うことを聞いてくれるのかちゃんと知っていた。今考えると、自分でも驚くほどだ。大人が子供の言うことを聞いてやる——厳しい言い方をすれば〝甘やかす〟ということだ。私自身は、子供の甘やかし方しか知らなかった。そして、結局は、子供を甘やかしてだめにしてしまった。わたしにとって子供は、妻の腹の中から出てきたというだけで、それ以外はなんの感慨も持てない存在だった。欲しくて作ったわけではないのに、子供のことでただの飾り物にすぎない妻に自己犠牲を強いることにもなった——なんとも我慢のならない存在だった。とんでもない厄介者というほどではなかったが、自分の実現できなかったことを代わりにかなえてくれるかもしれないなどと期待したのは、子供にとっても荷が重すぎたようだ。今になってみて、そう思う。子供たちは、わたしのように才能に恵まれていなかった。結局はここを出ていって、まったく別の職業に就いた。私は子供たちを愛していない。愛したことは一度もない。しかし、だからといって、自分を責めたこともない。子供たちは私を憎み、できるだけわたしに会わないようにしているようだ。だが、そんなことは無駄なエネルギーの消費だ。わたしが父性を感じるのは、自分の作品に対してだけなのに……。いや、まだある。もう少しで見つけられそうなのに、どこかに隠れて出てこないあの〝味〟がそうだ。

祖父母は、なんでも自分たちのやり方を押し通す人たちだった。そのため、三人いる娘たちはみんな、とんでもなく神経質か、ひどく気の弱い性格になってしまった。一人はいつも暗く寂しげで、もう一人はヒステリック、あとの一人は自殺してしまった。わたしの父はそうした風変わりな性格にはならなかったが、想像力というものがまるでなく、自分の妻が理想の女性だと思いこんでいた。父と母はふたりとも、それほど情熱的でもなく、真面目で勤勉で凡庸な人たちだった。そのため、あまり行き過ぎることもなく、二人の仲はうまくいっていたのだと思う。一方で、母は、わたしを神のように扱っていた。母にとっては、わたしこそが神だった。わたしの存在は、母には太陽の光線のようにありがたいものだったのだ。母はわたしに泣き顔を見せたり、涙声で何かを訴えたり、手を抜いた食事を出したりするようなことはしなかった。母の声はいつも愛情に満ちていた。そして、わたしに王者の資質を授けてくれた。わたしは母親にかしずかれて育った……。母のお蔭で、わたしは自分の帝国を築くことができた。人生のはじめから、思うがままにふるまって、成功への道を切り拓いてきたのだ。だが、何不自由ない子供だったわたしが、成長して、冷酷な男になってしまったのも、結局は母一人の責任だ。母には、子供を甘やかすのをやめようという意志がまるでなかったからだ。

祖父母は、自分の子供たちに接していたときとは違って、孫にはとても優しかった。心の奥底には、お人好しで悪戯好きな面を持っていた。だが、親の重責を担っているうちは、それが表に出ることはなく、孫の相手をするようになって、やっと解放されたのだった。夏は思いっきり自由を満喫できた。ここでなら、なんでもさせてもらえそうな気がした。探検したり、遠くまで遊びに出かけたり、うっかり日が暮れるまで気づかなかったふりをして海岸の岩場で遊んでいたり、いつもは許されないようなことがあっさりと認められてしまうのだった。偶然通りかかった人を夕食の席に招待しても、何も言われなかった。祖母は、オーブンの前に立つとミサのときみたいに静かだった。立居振舞いも厳かに見えた。体重は百キロ以上あり、口にはひげのような産毛をたくわえていた。笑い声は男のように豪快で、台所で危なっかしい遊びをしていると、後ろからトラックの運転手みたいな大声で怒鳴られた。しかし、料理の腕は一流で、何の変哲もない食べ物が、祖母の手にかかるとびっくりするほど変わってしまうのだった。白ワインを胃に大量に流しこみ、わたしたちは食べつづける。ひたすら食べる。どんどん食べる。ウニ、牡蠣、ムール貝、エビは火であぶって、カニはマヨネーズをつけて、イカはソースであえて食べる（まったく、人の性格というものは変えられないものだ。わたしは今でもこうなのだから……）。まだまだ食べる。蒸し肉、ブランケット（仔牛の肉をホワイトソースで煮込んだシチュー）、パエリア、ローストチキン、ココット煮、若鶏のクリーム煮、とにかくたくさん食べるのだ。

　月に一度、朝食のときに、いつになく祖父が厳しい顔つきをして、じっと座っていることがあった。そして、何も言わずに席を立つと、一人で競り市に行ってしまう。それで、わたしたちにも今日がその日だとわかるのだ。「ああ、また、あのにおいに悩まされるんだ。あれをやると、においがついてとれないんだよ」祖母は天を仰いで文句を言う。祖父が料理をすることをあまりよく思っていないので、ぶつぶつ言っているのだ。わたしは、祖父母が喧嘩を始めるのではないかとヒヤヒヤして、今にも泣き出してしまいそうになる。祖母はただ冗談を言っているだけなのだとわかっていたが、それでも、祖父が謙虚に頭を下げてくれればこんな心配をしなくてすむことなのに。そう思うと、祖父が恨めしかったからだ。一時間後、大きな木箱を抱えて、祖父が港から帰ってくる。木箱からは潮の香りが漂っている。ところが、子供は海岸へ追い払われてしまうのだ。わたしたちは、箱の中身を想像してすっかり興奮しているのだが、それでも祖父の邪魔をしないように、おとなしく命令に従うのだった。海で泳いでから、一時頃、昼食が待ち遠しくて、半分上の空で帰ってくる。すると、角を曲がる前からいい匂いがしてくる。わたしは、今度は嬉しくて泣きそうになる。

グリル・サーディンのいい匂いが街中に溢れていた。潮の香りと灰白色の煙が通りを埋め尽くし、庭を取り囲んだ柏の木のまわりには、厚い煙の層ができている。近所の家から男たちが手伝いに来ていた。巨大な焼き網の上には、銀色に光る小さな魚が並べられ、南風に吹かれてパリパリと香ばしい音を立てていた。よく冷えた白ワインの栓が抜かれ、みんな笑ったり、おしゃべりしたりしている。男たちは座っている。女たちは、きれいに洗った皿を山のように積み重ねて、台所から運び出している。祖母は背が低く、身体はでっぷりと太っていたが、うまい具合に皿の山をいくつも抱えて運んでいた。皿を運びながらも、ときどきにおいをかいでは顔の前で手を大きく振り、サーディンのにおいを追い払おうとしていた。そして、わたしを見つけると、優しいまなざしをわたしに向けてこう言った。「ほら、おいで、おちびちゃん。最初に焼けたのは、おまえにあげるよ！　この子は、これが大好きなんだから。さあ、お食べ！」わたしの目の前に大きな魚が運ばれてくると、みんな大声で笑い、わたしの背中を叩いた。だが、わたしにはもう何も聞こえていなかった。目を大きく見開いて、欲望の対象をじっと見据えていた。灰色の皮の表面には、いくつか気泡ができて膨らんでいた。その上には、焼き網の跡が黒く長い線になって残っている。焼くとき蓋の役目をしてくれた皮は、もう脇腹のあたりに少ししか残っていない。わたしは、サーディンの背中からナイフを入れ、細心の注意を払って、身を骨から引き剥がした。

ほどよく焼きあがった白い身が、小さな薄片になって、いとも簡単に剝がれ落ちていく。

いちばん安物の魚であるサバも、いちばんの高級魚のサーモンも、網で焼くとどこか野性的な味がするものだ。魚料理をどこかで習ってきた男性が、はじめて自分で火を使って調理をすると、そこに自分の人間性を見出すのはそのためだ。火は、人間の本質的な純粋さや野性の感情をさらけ出すものだからだ。繊細な味とか、手が込んでいるが気取らない味とか、歯ごたえがあるとか、ほろ苦い味とか、きめの細かいなめらかな舌触りとか、力強さがあるとか、グリル・サーディンを口にしたときの表現はさまざまだが、その感動が最高潮に達すると、阿片のような催眠効果を生む。グリル・サーディンを誰もが楽しみにしているのは、味が繊細だからでも、舌触りがなめらかだからでも、力強さがあるからでもなく、人間の本質的な野性の感情をかき立てられるからなのだ。だから、その味と真っ向から対峙するためには、強い魂を持たなければならない。グリル・サーディンを食べることは、すなわち、そこに潜んだ原始的な荒々しさと相対することになるからだ。そして、野生の力と向き合うことで、人間性が鍛えられていく。また同時に、純粋な魂を持つことも必要だ。魂が純粋であれば、ほかの食べ物のことなど考えず、ひたすらグリル・サーディンだけを食べることができるからだ。わたしは、祖母が皿の脇に置いてくれたジャガイモやバターには目もくれず、グリル・サーディンをがつがつと食べつづけた。

魚にはどこか奇妙な、強暴なイメージがあり、その身は男性的で力強い。わたしたちの住む世界とは違うところ——海から来たものだからだ。そこは、未知の世界だ。魚は、海とわたしたちの世界を結びつけ、その未知の世界を一瞬垣間見せてくれる。グリル・サーディンを食べているとき、わたしは自分の殻に閉じこもってしまうのだった。そのときだけは、何があっても食べつづけた。未知の世界から来た味と対決すると、自分が人間であることを自覚できた。魚を食べることは、その未知の世界と人間の資質を比べることになるのだ。海は果てしなく、強暴で、原始的で、洗練された美しさがある。人間は、海の神秘的な産物を食べ、飢えを満たしている。わたしは、グリル・サーディンを頬張った。すると、飾り気のない、エキゾティックな味が口の中でいっぱいに広がった。一口食べるごとに、少しずつ自分が大きくなるような気がした。海の匂いがするやわらかな肉が舌を優しく撫でるたびに、わたしの身体は宙に舞い上がった。

やはり、これも、わたしが探していた〝味〟ではない。わたしはこれまで、料理の批評家として最も権威ある者にふさわしく、贅を尽くしたさまざまな食事を堪能してきた。わたしが記憶の中に呼び戻そうとしている〝味〟は、その下に埋もれ、忘れ去られてしまっている。そこで、わたしはものごころついてから、いちばんはじめに好きになった〝味〟を掘りおこしてみた。そして、子供の頃の魂が正面から向き合った匂いを思い出した。だが、求めていたものはこれではない。いよいよ時が迫って、ぼんやりと、その輪郭が見えてきた。最後の最後で間違いを犯すのではないかと思うと、恐ろしくてならない。しかし、あきらめることはできない。あの〝味〟をなんとか思い出そうと、わたしはありったけの力をふり絞った。もしかしたら、わたしの魂が立ち向かっていたものは〝味〟ではなかったのだろうか？　そんなことがありえるだろうか？　まるで、どんよりとした薄曇りの日の午後に、ハーブ・ティーをいれ、その中に、マドレーヌを細かくちぎって浮かべたような心境だ。これ以上ないほどの、最悪の気分だ。ひどい侮辱を受けたような感じだ。結局のところ、わたしの記憶は、みんなでいつものように食事をし、楽しいときを過ごした場所といつも結びついている。それは、当時はまだ理解できなかったが、そのとき体験した感動や興奮が、わたしに人生を切り拓くための力を授けてくれたからなのだろう。

ジャン

カフェ・デザミ、十八区

もう歳をとり過ぎて、腐りかけているんだ。腐敗のはじまった死体も同然だ。あんたは病気で死にかけている。いや、もうすぐ死ぬんだ。トルコのパシャのような豪華な寝室で、絹のシーツにくるまり、ブルジョワの檻に閉じこもって、病気で苦しんでいる。苦しくて、今にも死にそうだ。そして、やがて死ぬ。あんたに好意を感じたことなんてこれまで一度もないが、あんたが死んだら、少なくとも金だけはもらってやるよ。あんたが飯を食って稼いだ金だ。だが、もうなんの役にも立たないだろう。何かほかの使いみちを考えてやるさ。土地のあがりから得た金、賄賂として受け取った金、寄生虫のように人にたかってせしめた金、その金を、あんたはうまいものを食べ、贅沢をするために費やしてきた。とんでもない無駄遣いをしたもんだ……。そのあんたが、病気で苦しんでいる……。あんたの周りには、いつも人が群がっていた。ママもその一人だ。ママは、あんたを一人で死なせてやるべきなんだ。あんたがママのことなんか見向きもしなかったように、あんたのことなんかほうっておけばいいんだ。でも、ママはそんなことはしないだろう。ずっとあんたのそばにいて、何もかもなくしてしまうんだと、心からそう思って、悲嘆にくれていることだろう。ママは、どうして何も気づかないのか、どうしてすぐにあきらめられるのか、俺には未だに理解できない。きっと、あんたの犠牲になっているのも自分から望んだことだと思いこんでいるんだろう。それも一種の才能だな。ああ、なんて馬鹿なんだ。無性に腹が立つ……。それに、あのポールの下司野郎！　善人ぶりやがって、調子のいい奴だ。病人のベッドの周りをはいまわって、枕でももらおうっていうつもりなのか？　いったい、あんたはどういうつもりなんだ？　俺に、プルーストか、ダンテか、トルストイでも読んで聞かせてほしいのか？　俺は、あんたのような男は好きになれない。香水の匂いをふり撒いて、偉そうに金持ち面《づら》して、サン・ドゥニあたりで娼婦を漁ってた。そうだ、俺は見たんだ。あんたが、あの通りの建物から出てくるところを……。でも、そんなことを今さら言ったって、どうなるっていうんだ？　そうだ、いったいなんの意味があるっていうんだ？　俺があんたのことを嫌っていたことも、聞き分けのない子供だったということも、そんなことをあんたに説明する必要なんかない。「うちの子供たちは、みんな頭が悪いんですよ」あんたは、人前で平然とそう言っていた。言った本人以外は、みんな困った顔をしていたっけ。自分の子供のことをそんなふうに言うだけじゃなく、そんな考えを思いつくこと自体、とんでもないことなんだ。あんたには理解できないんだろうがね。「子供たちはみんな頭が悪いんです。特に、長男がね」父親だったら、そんなことは絶対に言わない。だが、あんたはふつうの親とは違っていた。父親のくせに、わが子を料理みたいに扱っていた。小さく刻んで細切れにして、さらにもっと小さくなるまで刻みつづけ、仕上げにできの悪いソースをかけたら、ほら、こんな子供ができ上がってしまった。落ちこぼれで、できそこないの、弱々しい、惨めな子供たちだ。それでも、子供にとってはあんたは神様みたいな存在だった。あんたと一緒に出かけると、誇らしい気持ちになったことを覚えているよ。あんたは、俺を市場やレストランへ連れていってくれた。俺は小さくて、あんたはとても大きかった。大きな温かい手で、しっかりと俺の手を握ってくれていた。下から見上げたあんたの横顔は、王者そのものだった。髪は、まるでライオンのたてがみのようだった。歩く姿も堂々としていた。俺にはそれが自慢だった。あんたのような父親をもったことが、俺の誇りだった……。今にもここで泣き出してしまいそうだ、喉がつまって声にならない。胸が張り裂けそうだ。あんたのことを、ずいぶん恨みに思ったよ。だが、同時に、愛してもいた。憎らしいと思う気持ちと、誇らしく思う気持ち、その相反する二つの感情に挟まれて、叫び出したくなるほどだ。あんたを憎みきれないせいで、俺の人生はすっかり台無しになっちまった。なぜなら、俺はあんたの息子だからだ。それ以外の何者でもない。

あんたが死んで苦しむのは、あんたのことを愛していた人たちなんかじゃない。あんたを嫌っていた奴らだ。あんたは誰も愛しちゃいなかった。愛なんて、そんな感情は持ち合わせていなかった。だが、俺は、あんたに愛されたくてしかたがなかったんだ。そのせいで、ずっと悲しい思いをしてきた。父親に疎まれたかわいそうな子供は、ただ泣くよりほかにどうすることができるだろう？　いや、もうそんなことはどうでもいい。俺ももうすぐ死ぬんだ。あんたと一緒に。だから、そんなことで気に病む必要はない。俺自身ももう気にしない。だって、今こうしている瞬間にも、あんたの命の火が消えようとしているんだから。あんたは、最低の嫌な奴だったが、それでも俺はあんたを愛していた。そうだ、愛していたんだ。ああ、畜生……。

野菜

グルネル通り、寝室

伯母のマルトの家は、キヅタに覆い尽くされたあばら家のようなところだった。窓はいつも閉め切ったままで、なんとなく怪しい雰囲気が漂っていた。だがそれが、その家と、その家に住む住人にぴったりマッチしていた。伯母のマルトは母のいちばん上の姉で、あだ名がついていなかったのはこの伯母だけだった。気難しくて、見てくれの悪い、オールドミスのばあさんだった。おまけに、ひどい臭いがした。鶏小屋とウサギ小屋のあいだみたいな、鼻がひん曲がりそうな悪臭のする家に住んでいたからだ。家の中には、水道も電気も電話もテレビもなかった。快適な近代設備の何もない、ひなびた田舎町の家だったが、そのくらいのことはまだ我慢ができた。家の中では、もっと悲惨な目に遭わされるからだ。家の中は、本当にひどい有様だった。家中がべたべたしていて、どこかに触ると指がくっついた。ちょっとでも動くと、すぐ何かが肘にぶつかった。なにもかもがねばねばした膜に覆われていて、見た目にもそれがわかるのだ。伯母と一緒に食事をしたことは一度もない。ピクニックに行くのを口実に、いつも逃げ出していたからだ。

「こんなにいい天気なんだから、外でご飯を食べなくちゃもったいないよ」そう言って伯母の家を抜け出すと、心底ほっとした。そして、家からできるだけ遠くへ行くのだった。

わたしはずっと都会暮らしで、田舎町には縁がない。自宅の玄関は大理石で、居間には、歩くと身体も心もふかふかになるようなフェルトの真っ赤な絨毯が敷いてある。エレベーターはガラス張りで、贅沢な装飾が施されている。毎週、いや、毎日のように、食事に招かれて田舎へ行くことはあるが、すぐにまた、アスファルトの道路と、ぴかぴかに磨かれた床の上に戻ってくる。わたしの住まいは、上品で豪華で、どこにも文句のつけようがない。四方の壁に囲まれた部屋の中にいると、森の緑が恋しいなどという気持ちはどこかに隠れてしまう。自然の恵みの中に生まれてきたことなど、いつもはすっかり忘れているのだ。郊外の森や、緑の中の大聖堂……そこでは、魂が神をたたえ、賛美歌を高らかに歌い出す。神の神秘を目の当たりにし、神が与えてくれた日々の糧を味わい、その芳しい香りが鼻をくすぐる。伯母の家自体は穴倉みたいなひどいところだったが、近くには、そんなすばらしい場所があった。そして、伯母自身もすばらしい宝物を持っていた。それは、あらゆることにかかわりを持つもの、料理にも何らかのかの形で関わってくるものだった。料理人は、五感がどれも優れていなければならない。食べておいしいご馳走は、目で見ても楽しいものである。そして、もちろん、口に入れたときの感覚――触覚も大切だ。料理人は、さまざまな食材の中から、それぞれの感覚を充分満たすものを選ぶ。その中でも、聴覚がいちばん重要視されていないようだが、むっつり黙ったまま物を食べたり、大騒ぎしながら食事をしたりする人はあまりいないだろう。食事をしているときに耳に入ってくる音は、食欲を刺激するか、あるいは減退させるか、そのどちらかだ。つまり、外部からの刺激によって、食べるものまで変わってきてしまうのだ。それは、聴覚でも嗅覚でも同じことだ。わたしは、食欲をそそるおいしそうな匂いにつられて食事をしたことが何度もある。

伯母のマルトのような嗅覚を持つ人間に、わたしは今までお目にかかったことがない。伯母は、歳とって、身体はがりがりに痩せていたが、鼻だけは大きくて、そこだけが異様に目立っていた。だが、自分ではそのことに気づいていなかった。伯母の嗅覚はほかの人とはまったく違っていて、どんな臭いをかいでも平然としていた。がさつで、ほとんどまともな教育を受けたこともなく、おまけに、なにかが腐ったようなひどい臭いをいつも周囲に撒き散らしていた。人間としては最悪の、ごみのような存在だった。だがその伯母が、天国のような芳しい香りのする庭を持っていたのだ。それが、伯母の宝物だった。伯母の庭には、ありとあらゆる花がごちゃ混ぜになって咲いていた。野生の花、スイカズラ、手入れの行き届いたオールド・ローズ、人目を惹くボタンの花、この辺りでいちばん大きく、美しい蕾をつける青いサルビア。ペチュニアはまるで滝のように咲き乱れ、ラベンダーが植えてあるところは小さな茂みになっていた。いつも変わらぬたたずまいを見せるツゲの木。切妻の壁にびっしりと蔓が巻きついた藤の花。雑然と植えられた花から、なんともいえないいい香りが漂ってきた。伯母の家がどんなに汚くても、どんなひどい臭いがしても、どんなにみすぼらしくても、その花の香りを消すことはできなかった。伯母に限らず、郊外の家では、大概の老婦人が家庭菜園や花壇の手入れに精を出している。そして、自分の庭で採れたハーブをお茶にしたり、ウサギのシチューに入れたりする。だが、そんなことをしても、その価値を認めてくれる人など誰もいないのだ。その才能は世間に認めてもらえないまま、庭の主と共に死んでいく運命にある。田舎町にある、雑然と花や木が植えられた小さな庭。そんなありふれた風景が、最高の芸術作品にも匹敵するほどの美しさを持っているとは、誰も気づかないからだ。わたしは、その夢のような風景の中に、日焼けした足を踏み入れる。花や野菜が足元を埋め尽くしている。その上を歩くと、乾いた草がパリパリと音を立てた。そこから立ち上ってくる芳しい香りに、わたしはうっとりと酔いしれた。

庭へ入っていちばん最初に楽しむのは、ゼラニウムの香りだ。まず、トマトとグリーンピースの畑の上に腹ばいになって寝転ぶ。そして、指をゼラニウムの葉に絡ませる。ゼラニウムの葉は先が尖っていて、触るとちょっと痛い。そして、少しすっぱい匂いがする。それでも、夢見心地のわたしの気分を壊すようなものではない。それから、甘くてほろ苦いレモンの香り、トマトのような酸味のあるフルーツの香りがした。そのどれもが、ゼラニウムの葉の匂いなのだ。野菜畑にうつ伏せになり、顔を花の中にうずめ、欲望に身を任せる。あの頃のわたしは純粋だった。自分の気持ちに正直だった。やりたいと思うことを、なんでも思うがままにしていたのだ……。赤や、白、黄色、ピンクなど、色とりどりの花が、春になるといっせいに咲き乱れ、庭を覆い尽くす。毎年、新しい花がその仲間に加わった。庭の四隅には、王冠のような花をつけた背の高いカーネーションが植えられていた。細い、長い茎が、花の重みを支え、毅然と前を向いている。どうして茎が折れたりしないのか、わたしには不思議でならなかった。あたりには、舞踏会へ向かうときの貴婦人の白粉《おしろい》のような香りが漂っていた……。

伯母の庭には菩提樹の木があった。その木は、ものすごく巨大で、しかも猛烈な勢いで年々枝葉を伸ばしていった。伯母の家は、だんだん菩提樹の木に埋もれて見えなくなっていったが、それでも伯母は絶対に木を切ろうとしなかった。伯母にとっては、そんなことは問題外だったのだ。夏の暑い日は、木の葉が涼しげな陰を作り、まるでトンネルのようになった。トンネルの中は菩提樹のいい香りで満ちていた。虫食いだらけの小さなベンチに座り、木の幹によりかかる。そして、思いっきり深く息を吸いこむ。すると、淡い金色の花の、蜂蜜のように甘い、ビロードのように心地いい香りが胸いっぱいに広がるのだった。一日が終わる頃には、辺り一帯が菩提樹の香りに包まれた。そのときの幸福感を、わたしは今でも忘れることができない。菩提樹の香りは、生きる喜びを教えてくれた。しかし、七月になるとなぜあんなにいい香りがしていたのか、しかも、日暮れどきにはなぜ香りが強くなっていたのか、その理由は説明できない。わたしは、もうずいぶん長い間、その香りに接することはなかった。そこで、菩提樹の香りを思い出しながら、心の中で大きく息を吸ってみた。すると、ようやくあの香りの謎が解けた。よく晴れた暑い日には、木の葉が温められ、匂いがだんだん強くなる。一日中天気がよければ、夕方頃、匂いがいちばんきつくなるのは当然だ。その木の葉の匂いと樹液の甘い匂いが混ざり合ってできたのが、あの芳しい香りなのだ。ということは、菩提樹の香りは、真夏の太陽を象徴していることになる。照りつけるような暑さと、崇高な神の恵みである夏の日差しが、その香りに凝縮されているのだ。太陽とは、なんてすばらしいものなのだろう！　冬の寒さで凍りついた身体を優しく愛撫するように温めてくれるのも太陽だ。身体が自由に動かせるようになれば、目の前にも大きな自由な世界がひらけてくる。目には見えなくても、虫たちが飛び交う羽音が聞こえ、そのまま時が止まったようになる……。運河に沿ってポプラ並木が続いている。海から吹く風に木の葉が揺れ、まるで歌を歌っているような音がする。光と陰が交錯し、きらきらと玉虫色に輝いている……。ふと気がつくと、わたしは、大聖堂にたたずんでいた。光に彩られ、緑に取り囲まれた大聖堂だ。それは一瞬のイメージだったが、その美しさははっきりと心に残っている……。一日が終わる頃に、辺りに漂う菩提樹の香りを思い起こすだけで、わたしの思考はそこまで飛んでいってしまうのだった。同じように夕暮れどきにジャスミンの香りがしても、これほど強烈なイメージを呼び起こすことはないだろう……。わたしは、菩提樹の香りにつながる記憶の糸をふたたび手繰り寄せた……。木の枝が物憂げに風に揺れ、ミツバチが蜜を運んでいる……。その光景を、心の中に思い描いた。

伯母のマルトが野菜を収穫している。なんのためらいも見せず次々ともぎとっていく。伯母が収穫したものは、どれもちょうど食べ頃だった。野菜の収穫時期を、これほど素早く正確に見分けるようになるには、長年の経験と、強い意志、それに修道僧のような勤勉さが必要だ。外側から見ただけで水分を測り、熟成の度合いを判断する。太陽の光がちゃんと当たっていたか、それも均一だったかどうか、向きはどうだったかなど、一瞬のうちに見分けなければならないことは数え上げればきりがない。だが、それを伯母はいったいどこで覚えてきたのだろうか？　普通の人なら、経験と熟考を重ねた末に習得するものなのだが、伯母にはそれが本能でわかるのだった。野菜畑をひとわたり見渡し、天気の状況をうかがい、ほんの一瞬、ミクロの秒速で判断を下す――伯母にはそれができた。例えば、わたしが「今日は天気がいいよ」と声をかけると、その一言だけで、たわわに実ったトマトのうちどれが食べ頃になったかがわかるのだった。畑仕事のせいで汚れて、すっかり変形してしまった伯母の手に、真っ赤な絹のドレスを着た貴婦人のようなトマトがのせられていく。ぴんと張った皮は、ところどころが盛り上がり、少し窪んだところは熟れて柔らかくなっていた。まるで、盛装して、これからパーティに出かけるところみたいだった。太っているのでドレスがきつくてピチピチなのだが、そんなことも気にならないくらい上機嫌で、ウキウキしているようなイメージだ。わたしは、思わずかじりつきたくなる衝動を抑えきれなかった。菩提樹の木の下のベンチに寝転び、木の葉が風に揺れる音で、心地いいひとときのまどろみから目を覚ましたばかりだったが、わたしはそのトマトにむしゃぶりついた。菩提樹の甘い樹液の香りに包まれながら、トマトを口いっぱいに頬張った。

トマトを使った料理や調理の仕方はいろいろある。トマト・サラダ、オーブンで焼いたトマト、ラタトゥイユ（ピーマン、ナス、タマネギ、トマト、ズッキーニなどをニンニクと一緒にオリーブ・オイルで炒め、煮込んだ南仏料理）、ジャム、チリ・トマト、酢漬けのトマト、コンポート（果物を砂糖で煮たもの）、網で焼いたり、詰め物をしたり、オリーブ・オイルやワインをかけたり、塩をまぶしたり、つぶしたり、皮をむいたり、ソースをかけたり、煮込んだり、シャーベットにしたりすることもできる。形や大きさ、味もさまざまだ。チェリー・トマト、大きなトマト、やわらかいの、緑色の、すっぱいの……。どれもみんな一度ならず試してみた。味も知り尽くした。新聞や雑誌にトマト料理が取り上げられると、その味を求めてわざわざ食べに行った。しかし、なんて馬鹿だったんだろう。そのときの惨めな気分といったら……。わざわざ行って食べるほどのものなど何もなかった。そこにはただ、見え透いた商売根性があるだけだった。もし、記事に本当のことなど何も書かれていないのだとしたら、良心の呵責もなく、ただその店に人が入るようにそんなことを書いているのだとしたら、記事にはいったい何が書かれているというのだろう？　わたしはずっと以前、伯母の庭のトマトを食べてから、だんだんと熱を帯びてくるあの暑い夏の日にトマトに歯をつき立て、生温かい、豊かな風味の、たっぷりした果汁で喉を潤し、それが冷蔵庫で冷やしたトマトより、酢漬けにしたりオリーブ・オイルで味をごまかしたりするよりも、ずっとおいしいと感じたあの日から、トマトのことはそれで充分知り尽くしていたのだ。甘さも水分も実も果汁も、ジュースにしても、そのまま食べても……。トマトは生のまま、もぎたてにかじりつくのがいちばんだ。あっさりしたおいしさが、まるで滝が流れ落ちるように口の中で広がり、喜びで胸がいっぱいになる。ぴんと張った皮にかじりつき、皮が破れるまで歯に力を入れる。だが、ほんの少しで充分だ。皮は、うすい紙のようにすぐ口の中で溶けてしまう。果汁が唇の端から流れ出し、それを指でぬぐう。手が汚れてしまうことなどまるで気にしない。たっぷりと果肉のついた小さな丸いトマトが、自然の豊かな恵みを教えてくれる。これこそがトマトなのだ。これがトマトの醍醐味なのだ。

樹齢百年にもなる菩提樹の下で、嗅覚と味覚を充分に働かせながら、わたしは、伯母のマルトが収穫してきた真っ赤なトマトを食べていた。そのとき、これが本当に価値のあるものだと漠然と感じていた。確かに、あのときのトマトの味は、本当に価値のあるものだった。しかし、わたしが死の床で求めているあの〝味〟ではない。今朝から必死で探し求めているというのに、どうしてもあの〝味〟にたどり着くことができない。わたしは絶望し、自分の魂を求めてさまよっている。生のトマトも、やはりあの〝味〟ではなかった……。では、あの〝味〟は、生の野菜のものではなかったのだ。

ヴィオレット

グルネル通り、台所

かわいそうな奥様。あんなふうになってしまわれるなんて。心から悲しんでいらっしゃるのね。旦那様はよっぽどお悪いんだわ……。それにしても、全然気がつかなかった！　たった一日であんなに変わってしまうなんて、考えもしなかったわ。奥様は、あたしにこうおっしゃった。

「ねえ、ヴィオレット。旦那様は、何か食べたがっていらっしゃるの。おまえにわかる？　何か食べたがっていらっしゃるのに、それが何かわからないの」

「奥様、旦那様は何か召し上がりたいんですか？　それとも何も欲しくないんですか？」

奥様は、こうお答えになった。

「何かを探してらっしゃるのよ。食べたいものが何か、探してらっしゃるの。でも、それが見つからないの」

奥様は手をよじり合わせて苦しんでらした。もうすぐ死ぬっていうのに、食べ物のことなんかであんなに悩むなんて、はじめて聞いたわ。もし、あたしが明日死ぬとしたら、食べ物のことなんかで心配したりするもんですか！

この家では、あたしが全部取り仕切ってきたのよ。まあ、全部じゃないけど、ほとんどのことはあたしがやってきたんだわ。三十年前、はじめてここへ来たときは、あたしはただの家政婦だった。旦那様と奥様が結婚されてまだ間もない頃で、おふたりは少しばかり財産をお持ちだった。あたしにはそう見えた。財産といっても、それほどたいしたものじゃなかったみたいだけど。週に三回家政婦を頼んでも困らないくらいの、そんな程度のものだったらしいわ。その後よ、お金が入ってきたのは。それも、がっぽり。それからは、あれよあれよという間に収入がどんどん増えていった。それで、この大きなアパルトマンに引っ越してきたんだもの。そして、奥様はいろんなことをお始めになった。あの頃の奥様は、とっても明るくて、楽しそうで、ものすごくおきれいだったわ！　旦那様は安定した地位におつきになって、あたし以外にも使用人を雇えるようになった。それで奥様は、あたしを〝使用人頭〟にしてくださった。お給金も上がったし、あたしは一日中ほかの使用人の〝監督〟をしているだけでよくなった。この家には、あたしのほかに、家政婦と給仕と庭師がいるのよ（庭師がいても、このアパルトマンには庭なんかなくて、大きなテラスがあるだけなんだけど。それでも、庭師は毎日なにかしらやることを見つけているわ。いずれにしても、庭師はあたしの夫だから、何か仕事がなくちゃ困るんだけど）。でもね、あたしの仕事が楽だなんて思わないでちょうだい。あたしは一日中走りまわっているんだから。いつもほかの使用人たちの仕事を考えて、リストを作って、指示を出しているのはあたしなのよ。別に偉そうにしているわけじゃないけど、はっきりいって、あたしがいないと、この家ではなんにもうまくいかないの。

旦那様のこと、あたしは好きよ。悪い人だと思うことも、もちろんあるけど。奥様がお幸せでないのも旦那様のせいだし。でも、そんなこと、なにも今に始まったことじゃないわ。最初からそうだった。旦那様はいつもお出かけになっていて、戻ってらしても、奥様に何もお聞きにならなかった。まるで奥様を透明人間か何かのように見ていらしたわ。何か贈り物をするときも、チップでもやるみたいに渡してた。お子様たちとは口もきかなかった。そういえば、ローラお嬢様はお見えになるのかしら？　旦那様がお歳を召されれば、すべてがうまくいくようになるだろう、なんて以前はあたしも考えてた。歳をとれば気持ちが和らいで、なにもかも水に流せるようになる。お孫さんが、ご両親とおじい様やおばあ様の仲を取り持ってくれるようになるだろうってね。孫に頼まれれば、誰だって嫌とは言えないものよ。もちろん、ローラお嬢様にはお子様がいらっしゃらないから、仕方がないんだけど。まあ、どっちにしても、お嬢様がおいでになりさえすれば……。

あたしが旦那様のことを好きなのは、それなりの訳があるからよ。理由は二つ。ひとつめは、旦那様はいつも、あたしや夫のベルナールには礼儀正しくて、お優しかったから。ご自分の奥様やお子様たちとご一緒のときよりも、ずっと丁寧でご親切だったわ。旦那様は、いつもこんなふうに話しかけられた。

「やあ、おはよう、ヴィオレット。今朝の調子はどうかね？　息子さんは、元気になったかい？」

ご自分の奥様には、もう二十年も前から「おはよう」もおっしゃらないっていうのに。旦那様のお声は、よく通る大きな声だったわ。旦那様は、別にそれを自慢していたわけじゃないけど。最悪なのは、その話し方がいかにも気を遣ってくださっているふうに聞こえることよ。とにかく、あたしたちには、いつも物柔らかな態度で接してくださった。そして、あたしの顔をじっと見つめて、あたしの言うことに注意深く耳を傾けてくださった。にっこり微笑まれることもあったわ。それは、いつだって、あたしが朗らかで、お休みなんかもらわずによく働いていたからよ。旦那様に話しかけられると、あたしはいつも旦那様のご様子もお聞きしていた。旦那様があたしの言うことを聞いていたのは、それに返事をしなくちゃならないからなんだわ。

「それはそうと、旦那様。旦那様は、今日の調子はいかがですか？」

「まあまあだよ、ヴィオレット。でも、やらなくちゃならないことがいっぱいあってね。仕事が遅れているんだよ。ちっとも片付かないんだ。だから、もう行かなくちゃ」

そうおっしゃって、廊下のほうへ歩いていかれるとき、旦那様はあたしにウインクしてみせるのよ。奥様にはそんなことなさらないのにね。旦那様は、あたしたちみたいな人間がお好きだった。むしろそのほうが性に合っているみたいだった。旦那様は、身分が上の方たちといつもご一緒だったけど、あたしたちといるときのほうが、ずっとリラックスしているように見えたわ。上流階級の方たちとお会いになって、お話を聞いたり、おしゃべりしたり、びっくりさせるようなことをやったり、一緒にご馳走を食べたりしていたけど、もともと、あの方たちとは違う世界の人だったのね。

あたしが旦那様を好きなふたつめの理由は、説明するのがちょっと難しいんだけど……。それは、旦那様が、寝ながらおならをするからなのよ！　はじめて聞いたときは、なんの音かわからなかったわ。そうしたら、もう一度音がしたの。朝の七時だったわ。小さな居間から廊下に聞こえてきたの。旦那様は遅く帰られると、ときどきそこでお休みになってた。何かが爆発したときみたいな、調子はずれの、ものすごく大きな音だった。そんな音、それまで聞いたこともなかったわ。それから、やっとその音がおならだってわかったの。おかしくて大笑いしたわ。死ぬほど笑った。お腹を抱えて、脇腹が痛くなるくらいだった。台所に戻って、椅子に座ったらようやく落ち着いた。息ができなくなるんじゃないかと思ったくらいよ！　その日から、旦那様に親近感を持つようになったの。だって、あたしの夫も寝ながらおならをするんですもの（でも、あんなに大きな音じゃないわ）。「寝ながらおならをする人は、人生に愛着があるものだ」そうおばあちゃんが言ってたわ。それで、もっと身近に感じるようになったの……。

旦那様が何を探しているのか、あたしにはわかる。探しているのは、料理なんかじゃない、食べるものなんかじゃないのよ。二十年前にここへ一度だけ来た、あの金髪のきれいな女の人のことだわ。悲しそうな、でも、とっても物腰のやわらかな、上品な人だった。あの人は、あたしにこう言った。

「旦那様はいらっしゃる？」

それで、あたしはこう言った。

「いいえ、でも、奥様ならいらっしゃいます」

あの人は、眉を吊り上げて、いかにもびっくりしたような顔をしていた。そして、踵を返していってしまった。その後は、もう二度と現われなかったけど、あの女の人と旦那様の間には、絶対何かあったのよ。だって、旦那様は奥様を愛していなかったんですもの。それで、あのとき毛皮のコートを着て現われた、背の高い、金髪の女の人に会いたがっているんだわ。

なまもの

グルネル通り、寝室

Une gourmandise

　ものごとが完璧であるためには回帰が必要だ。それが可能なのは、唯一、衰退への途をたどりはじめた文明だけである。日本の文化は非常に洗練されている。千年以上を経た文明は、人類の発展に大きく寄与してきた。だが、程度の差こそあれ、どの分野もすでにその頂点を極めてしまっている。しかし、だからこそ、この国では、生のものを食べるという、最も原始的な回帰が可能だったのだ。ヨーロッパ文明は、わたし同様すっかり歳をとって古いものになってしまったが、まだ衰えてはいない。ほんの少し香りづけをしただけで、魚を生のまま口にするなどということは、有史以来、一度もしたことがなかった。

　生の素材を食べる。といっても、何も手を加えられていないものを、ただ丸のみにするなどと、単純に考えてはいけない。生の魚に包丁を入れるのは、石を切ることと同じようなものなのだ。まだ新米の石工には、ほんの小さな大理石の塊が、大きな一枚岩のように思えるものだ。闇雲に刃を突き立ててみたところで、とても太刀打ちできるものではない。しかし、熟練した石工なら、やり方をちゃんと心得ている。その石を加工するには、圧搾するのがいいか、それとも切ったほうがいいのか、それがわかっていても、これでいいというなんらかの確信が得られるまでは一ミリたりとも手を出さない。何もわかっていない石工だと、図面通りに石を彫るものだが、腕のいい石工になると、彫る形が自然に浮かび上がって見えるものなのだ。逆に言えば、熟練した石工には、石に現われた形しか彫ることができないことになる。石工に必要な能力とは、どんなものを彫るか考えることではなく、目には見えないものを見極めることなのだ。

わたしは、日本料理の見習いをしている板前を何人か知っているが、何年も修業しているのに、まだ誰も一人前にはなっていない。魚のさばき方は、少しずつしか習得できないものなのだ。一人前になると、指の感覚だけで魚の身のしまり方や脂ののり方がわかるようになる。また、うまい刺身にするためには、魚の臭みを残さずに内臓を取り出さなければならない。熟練した料理人には、それができる。生まれもっての才能や感覚の鋭さだけでは、こうした名人芸と呼ばれる技術は体得できない。包丁を入れ、月並みな味ではなく、最高の味を引き出すためには、手先の器用さも必要だ。板前の〈ツノ〉は、数多くいる料理人のなかでも、最も高い評価受けている一人だ。〈ツノ〉は、一尾の巨大なサーモンから、ほんの小さな刺身を切り分けることができる。その味については、長々と説明する必要はない。〝完璧〟の一言に尽きる。新鮮で、なんの味つけもしていない、生のままの、ほんの小さな切り身だ。だが、その味は完璧だ。

わたしが〈ツノ〉と出会ったのは、彼がもうずいぶん歳をとってからのことだった。その頃には、〈ツノ〉はもう厨房に立たず、料理にはいっさい手を出さなかった。カウンターの後ろから、ただ客を眺めているだけだった。しかし、店の名誉に関わるときや、何か特別な場合には、自分で包丁を握っていた。――それでも、作るのは刺身だけだった。晩年は、その機会もますます少なくなっていった。

その当時、わたしはまだ批評家としては青二才だった。それまでの経歴からいって、前途洋々だったが、横柄な態度をとれば、自惚れだと勘違いされる恐れがあった。だから、いずれ才能が世間に認められるまでは、なるべく控えめにふるまうようにしていた。一人で〈オシリ〉のカウンターに座ったときも、うわべだけは謙虚なフリをしていた。おいしい夕飯が食べられるのではないかと、かなり期待して、その店に入ったのだった。美食家としての経験はかなり浅かったので、生の魚はまだ一度も食べたことはなかった。心の準備もできていなかった――ところで、〝郷土《ふるさと》〟という言葉があるが、具体的にはどういう意味なのかよくわからなかったので、わたしは使ったことがなかった。しかし、今では、子供の頃の思い出が〝郷土《ふるさと》〟を作るのだということがわかった。その土地に根づいた伝統や、その地方独特の習慣などが〝郷土《ふるさと》〟という世界を構成しているのだ。子供の頃は、早く大人になりたいと願うよりも、大人になることへの恐怖心が先に立って、今のこの時間を止めてしまいたい、はっきりとした形で残しておきたいと思うものだ。だが、時間はどんどん過ぎていき、目の前の世界は移り変わっていく。それでもなお、何かの形を残しておきたいという強い願いが、〝郷土《ふるさと》〟となって残るのだ。だから、〝郷土《ふるさと》〟は、現実には存在しない、失われた世界なのだ。この言葉を使うとき、そこには、昔から受け継がれてきた儀式や、その土地固有の料理、そして、それに関連する味や匂いや香りもその意味に含まれる。過ぎ去った〝時〟の思い出がいっぱいに詰まったもの、それはまるで、砂で金を作り出すように、時を永遠に止めてしまうように、現実にはあり得ないことなのである。〝郷土《ふるさと》〟の料理には、贅沢なご馳走というものはない。素朴な味だからこそ、時代が移り変わるごとに、味が良くなったり、逆に悪くなったり、忘れられてしまったりするようなこともない。その味は、調理台の上でずっと受け継がれていく。そして、いつの時代のものも、どんな場所のものも、生のものも調理したものも、塩辛いのも甘いのも、すべての味が混ぜ合わさって、料理という分野が芸術として認められるようになる。すると、子供の頃の思い出を何かの形で残したいと思っていたものが、〝郷土《ふるさと》〟の味となって生きつづけることができるようになるのだ。そうすれば、消えてしまうかもしれないなどと心配する必要はもうなくなる。

〈オシリ〉のカウンターの雰囲気は、言葉では充分言い表わせないが、たとえていうなら、カスレ（ラングドック地方のインゲン豆と肉の煮込み）とポテ（豚肉とキャベツなどの野菜の煮込み）の間みたいな感じだった――別に、偏見があって、そんなことを言っているわけではない――カウンターの向こう側には、料理人がずらりと並んで、忙しそうに働いていた。その後ろ、右側の奥のほうに、ほとんど隠れて見えなくなっていたが、背の低い老人が椅子に座って小さく身を縮めていた。店の中は装飾らしいものはまるでなく、椅子もシンプルなデザインのものが置いてあって、なんとなくいかめしい感じがした。だが、客の入りは良く、店内はにぎわっていた。食事にも、サービスにも、みんな満足している様子だった。びっくりするようなことは何もなかった。特別なことも何もなかった。だが、どうしてあの老人は、あんなところにいたんだろう？　わたしが、最近名前の売れてきた批評家だということを知っていたのだろうか？　それとも、誰かが、わざわざ耳打ちして教えたんだろうか？　もっとも、何を聞いても、あの老人なら眉ひとつ動かさないだろう。自分から望んでそこにいたのか？　それとも、はじめからわたしが目当てだったのか？　すでにかなり歳をとった男が、己のすべての感情をすべて寄せ集め、揺らぎはじめた命のともしびにふたたび火をつけ、最後に自分の力を誇示しようとしていたのだろうか？　客と一対一の勝負をして、相手に勝ちを譲ろうとしたのか？　あるいは、自分が勝つつもりだったのか？　何かを伝えたかったのか？　それとも、単なるあきらめだったのか？　わたしにはわからない……。老人は、わたしのほうを見ようとしなかった。だが、最後に一度だけ目が合った。虚ろで、すさんだ目をしていた。老人が何を考えているのか、そこからはまったく読み取れなかった。

老人がみすぼらしい椅子から立ちあがると、途端にさっきまでのざわめきが止んだ。それは、だんだんに目に見えない波紋のように広がっていき、とうとう店の中は水を打ったようにしんと静まり返った。はじめは、料理人たちが唖然とした表情で立ちつくしていた。それからその波は、カウンター、ホール、そして、今店に入ってきたばかりの客にまで及び、みんな目の前の光景にひきこまれたように、ただ呆然と、身動きもせずにいた。老人は、一言も口を利かず立ち上がると、わたしの正面にあるカウンターの調理台のほうへ歩いてきた。以前は、この老人がこの店を取り仕切っていたに違いない。そんな考えが、わたしの頭をよぎった。老人は、軽く頭を下げてお辞儀をした。アジアの国でよく見かける挨拶の仕方だ。そして、ほかの料理人たちをみんな引き連れて、調理場の入り口のほうへゆっくりと下がっていった。だが、老人は調理場の中へは入らなかった。微動だにせず、厳粛な面持ちで、入り口のところにじっと立っていた。その老人が、板前の〈ツノ〉だった。〈ツノ〉は、わたしの目の前で作品を仕上げていった。やわらかな手つきで、指先をほんの少しずつ動かしていった。料理の素材は驚くほど小さかった。あまりにも貧しすぎて、材料を大きく切って使えないみたいだった。ところが、まるで真珠母から真珠を取り出すように、ツノの手の下から、ピンクや白、グレーなどの作品が次々と生み出されていった。魚の身は、つややかで、海の波間のようにきらきらと輝いていた。わたしは、奇跡を目の当たりにしたかのように、すっかり感動していた。

目が眩むようだった。歯の間から、口の中へ入ってきたものは、固形の物体でも液体でもなく、その中間の物質だった。歯ごたえのあるしっかりしたものと、もう奇跡としか言いようのないくらいなめらかでやわらかなもの、そのどちらの性質も併せ持つ物質だった。本物の刺身は、歯で嚙み砕いて食べるものではないし、ましてや、舌の上でとろけてしまうようなものでもない。ゆっくりと優しく嚙んで食べるものなのだ。そうすれば、自然の素材の持ち味だけでなく、その軽やかな食感を消さないで食べることができる。そうだ、あの食感は、まさに軽やかなのだ。ただやわらかいとか、ふわふわしているという言葉では表現しきれない。刺身は、絹のなめらかさの上にビロードのやわらかい感触をさらに加え、その二つをうまく融合させ、そこへ魔法の特別なエッセンスをふりかけて薄く透き通るようにし、雲の色よりももう少し濃い乳白色の色をつけた、そんなイメージのものなのだ。わたしは、まず、ピンク色の刺身を口に入れてみた。一口食べただけで、わたしは異様に興奮してしまった。それは、サーモンの刺身だった。それから、カレイ、ホタテ、タコと、次々と口に運んでいった。サーモンは、貧弱であまりおいしそうには見えなかったが、脂がのっていて甘い味がした。タコは歯ごたえがあって、何度も嚙んでいるうちに味がにじみ出てくるようだった。わたしは、口に入れる前に、そのおかしな形をしげしげと眺めてみた。ふちには、赤と薄紫色のまだら模様のギザギザがあって、ほとんど黒に近い色のでこぼこしたイボがたくさんついていた。わたしは、なかなか箸のつかい方がうまくならないのだが、それでも、不器用な手つきで箸を持ち、タコを挟んで持ち上げた。舌の上にのせた瞬間、わたしの身体は電流が走ったように、喜びにうち震えた。何かを口にしたときの感触は、タコとサーモン、この二つを食べたときの感覚ですべて表現できる。まるで天にでも昇ったようななめらかな心地よさなのだ。だが飲み物の類は、水とキリン・ビールと熱燗以外いっさい受け付けなくなってしまう。ホタテの味はとても軽くて、口に入れた途端、すうっと消えていってしまうような感じがした。だが、両頰の内側には、ホタテの触れた感触がいつまでも残っている。食べる前には、四種類の刺身のなかで、見た目はカレイがいちばんがさつな感じがした。しかし、それは大きな間違いで、少しレモンを絞ったその身は、繊細な味がした。その意外なおいしさに、わたしはしばし呆然となった。

それが刺身だった——その味も香りも、わたしにはとても考えの及ばないような、遠い遠い、宇宙の果ての物質のようだった。魚を生のままで食べるからといっても、決して野蛮なことではない。予想もしなかった繊細な味だった。何千という国や地域では、動物を生のまま食べているが、それが、本当においしい食べ方なのかもしれない。残念ながら、私にもまだ知らない味がある……。そういえば、エビやカニは、今も昔も、生のままで食べるのがいちばん美味だとされているではないか。

シャブロ

ブルゴーニュ通り、診察室

可能性としては、三つの選択肢がある。

まずひとつめ。これには二面性がある。給料が安くて、緑色の術衣を着なくちゃならない。おまけに、インターン生活が長い。だが、経験はそこそこ積めるし、将来の権力と名誉が約束されている。つまり、心臓学の教授だ。公立の病院では、奉仕の精神と科学への愛着がなければ務まらない。必要なのは、野心と判断力、それに有能なことだ。どれも、わたしには充分備わっている。

ふたつめは、真ん中の選択肢だ。いちばん日常的なのはこれだ。金はうなるほどある。患者は、上流階級の人間や、成金の黒人、金持ちのじいさん、ばあさんばっかり。診察するのは、やたらと薬を欲しがる奴や、風邪で扁桃腺を腫らしただけとか、気分がふさぎこんでどうしようもない、とかいった症状のみ。女房が毎年クリスマスにプレゼントしてくれるモンブランで、真っ白な紙の上に処方箋を書く。例えば、弁護士会会長の奥様のデルヴィル夫人。どんな治療をしたって、彼女のヒステリー症状は治らない。でも、患者の顔を見て、にっこり微笑みかけ、ほんの少し慰めの言葉をかけて、ほんの少しお世辞を言って、見せかけだけの思いやりをたっぷり見せてやれば、それだけで症状が軽くなる。これで、夫人からたっぷり治療費をもらうことができるのだ。

そして、三つめ。これは、究極の選択肢だ。治療するのは、身体ではなく心だ。新聞記者、作家、画家、政治家、文学や考古学の教授、ありとあらゆる人がやって来る。診療所の前には、大理石で仕上げた看板が掲げてあり、有名人や金持ちが名前を隠してわたしの診察室の椅子に座る……。

普通は、二番目の選択肢を選ぶものだ。たとえ、良心の疼きを感じ、自分のしていることに満足できなくても、心の中ではらわたが煮えくり返っていても、時には口惜しい思いをすることがあっても、時には激しく非難されることがあっても、時には不安でどうしようもなくても——それでも、何世紀にもわたって繰り返されてきた。そして、今現在も続いている。

はじめて彼がわたしの診療所を訪れてきたとき、わたしは彼の姿をチラッとしか見なかった。そして、簡単な挨拶をしただけだった。わたしはすっかり堕落しきっていた。ブルジョワに成り下がっていた。だから、彼と正面きって会うことなどとてもできなかった。だが、彼がわたしの患者になって、頻繁に診療所を訪れ、何も話などしなくても、ただ単純に医者と患者として付き合うことができるだけで、わたしにとってはすばらしい贈り物をもらったようなものだった。それからしばらくして、彼はまた診療所にやってきた。そのとき、彼はわたしに思いがけない好意を示してくれた。気さくにわたしとおしゃべりをしてくれたのだ。わたしは、ずっと以前から、彼とこうして話をしてみたいと思っていた。それをなにより切望していた。だが、それまでは、実現することなど不可能だとあきらめていたのだ。彼がいるから、わたしは生きているようなものだった。言うなれば、彼はわたしの人生の代理人だった。

人生の代理人。つまり、彼は、わたしの身代わりなのだ。わたしができないことを、彼が代わりにしてくれている。彼はわたしの支配者であり、彼が死ぬとき、わたしも共に葬られる。華やかな場で豪華な食事をし、会話を楽しみ、一時、誰もがきらきらと輝いて見える。そんな光景も、一緒に墓場へ持っていく。彼は支配者であり、指導者であり、神でもあった。彼の感性には、触れることはできない。だがその迷宮に、わたしはそっと分け入った。そこで垣間見たものは、非の打ちどころのない完璧さ、そして天才的なひらめきだった。いったい、人はどう生きればいいのだろうか？　自分を客観的に見るのは難しい。そこまで意志の強い人間は、なかなかいない。だから、なんの目的も刺激もなく、ただ普通にありきたりの人生を送るのだろうか？　だが、ほかの人の人生を自分のものとして受け入れ、それを共に享受することができたらどうだろう？例えば、自分が知りたいと思っていること、自分がしたいと思っていることをすべて経験した人がいるとする。その人の人生を自分のものにしてしまえば、すべてが完成され、共に名声を得ることができるのではないか？　そして、その人の名が永遠に語り継がれることになれば、自分の名もその響きの中に残されることになるのではないか？

それからまたしばらくして診療所に現われたとき、彼は、もっと大きな贈り物をわたしにくれた。それは、友情だった。わたしたちは、男同士の内輪だけの会話を楽しんだ。わたしは、芸術としての料理に対しての傍観者であり、擁護者であり、賛美者でもあり、また同時に修業中のコックのような立場でもあった。その情熱を、わたしは彼に語った。彼はわたしの目をじっと見つめて、わたしの言葉に耳を傾けてくれた。これまでずっと、心の中で彼を主人と崇め、ずっと付き従ってきたことが報われたのだ。それが、何百倍にもなって返ってきたのだ。彼と友人になれるなんて！　そんなこと、いったい誰が想像しただろうか？　最も偉大な人物と友達になりたいとか、英雄と親しく口を利けるようになりたいとか、料理の批評家の第一人者と挨拶代わりに抱擁を交わす仲になりたいなどと、そんな大それた望みをいったい誰が抱くだろうか？　ところが、彼はわたしの友人なのだ！　友人であり、心を打ち明けられる話し相手でもある。これは、もう、特権と呼んでもいいくらいのものだ。これほど名誉なことがあるだろうか？　だが、同時に、これほどつらいことがあるだろうか？　わたしが、彼に死を宣告しなければならないなんて……。それは、明日か？　夜の明ける前か？　それとも今夜のうちなのか？　今夜……それは、わたしにとっても最後の夜になる。なぜなら傍観者は傍観する相手がいなくなれば傍観者でなくなるからだ。擁護者は擁護する相手を失い、賛美者は賛美する者の墓前で安らかな眠りにつくよう祈りを捧げる。修業中のコックは、親方を亡くして嘆き悲しむ……。今夜は、わたしにとっても最後の夜だ……。

しかし、わたしは、何も後悔などしていない。すべて、自分の望むとおりになったのだ。死んでいくのは彼であり、また、わたしでもある。

鏡

グルネル通り、寝室

伯父の名は、ジャック・デストレールといった。それは、わたしの批評家としての経歴が、まだはじまったばかりのことだった。その頃、わたしは、ある専門誌に評論を掲載した。それが、自分の身の周りにも、料理の批評という世界にも、大変革をもたらし、そのどちらの地位も天空まで一気に引き上げたのだった。その後の結果がどうなるか、わたしはいらいらしながら見守っていた。結果は必ずいい方向へ向かうはずだと信じていた。そこでわたしは、しばらく伯父の家に身を寄せることにした。伯父のジャックは、父のいちばん年長の兄で、もうすっかり歳をとっていた。ちょっと風変わりなところがあって、家族の間では〝変わり者〟で通っていた。結婚したことは一度もなく、女性がそばにいることさえ見かけたこともなかったので、父は伯父が〝ホモ〟じゃないかと疑っていたほどだ。伯父は事業で成功し、歳をとってからは引退して、ランブイエ（パリ南西部の町、大統領別邸がある）の森のすぐそばに小さな土地を買って、隠居生活を楽しんでいた。そこはうっとりするほど美しいところだった。伯父は日がな一日、バラの花の手入れをしたり、犬を散歩させたり、以前の商売と少し関わりのある葉巻を喫ったり、一人分の食事を作ったりして、静かに暮らしていた。

台所の椅子に座って、わたしは、伯父のすることを眺めていた。季節は冬だった。ヴェルサイユの〈グロエの店〉で早い昼食を済ませ、雪の降り積もる細い小道に足跡をつけながら、わたしは伯父の家へやってきた。考え事をするにはちょうどよかった。家の中は暖炉に火がくべられ、パチパチと木のはぜる音がしていた。そんな静寂の中で、伯父は食事の支度をしていった。わたしは普段、祖母が料理をする光景を見慣れていた。祖母は、鍋のぶつかる音や、バターが溶けてジュージューいう音、包丁がまな板に当たる音、そんなふうにいろいろな大きな音を立て、大騒ぎであちこち走りまわりながら料理をしていた。そうしないと、かえって落ち着かないようだった。まるで、地獄の業火の見張り番みたいだった。ところが、伯父のジャックは落ち着いて、静かに料理の手順を進めていった。絶対に慌てたりなどしなかった。だが、動きが遅いわけでもなかった。すべての動作がタイミングよく行なわれていった。

伯父は、まず、小さな銀の水きりザルにタイ米を入れ、丁寧に洗った。そして、よく水を切ってから洗った米を鍋に移し、水を米が隠れるくらい入れて少し塩を加えて蓋をした。これで米が炊ける。それから、エビを陶器の丸い器に入れた。伯父はエビの殻を丁寧にむきながら、わたしの書いた記事やこれからの計画について聞いてきた。それでも、手元はエビの殻に集中していた。

そのリズムは一瞬たりとも早くなったり、あるいは遅くなったりすることはなかった。アラベスク模様が描いてあるようなエビの皮をむきおわると、今度は牛乳の匂いのする石鹸で丁寧に手を洗った。そして、エビの殻をむいたときと同じ静かな動作で、フライパンを火にかけ、オリーブ・オイルをほんの少したらした。油が温まったら殻をむいたエビを一気に入れ、まんべんなく火が通るように木のへらでかきまわす。実に見事な手つきだった。エビはまるでワルツを踊っているように、フライパンの中をあっちに行ったりこっちに行ったりしながら、どんどん縮んでいった。辺りにはいい匂いが漂ってきた。そこですかさずカレー粉を入れる。多すぎても少なすぎてもいけない。エビの赤みを帯びた色が、エキゾティックな金色に変わった。東洋で発明された、官能的で美しい色だ。次に、塩、胡椒をふり、コリアンダーの枝を火であぶってから、実をはさみでそぎ落とす。仕上げに手早くコニャックの栓を抜いてフライパンに注ぎ、マッチを擦って火をつける。すると一瞬のうちに、フライパンから真っ赤な炎が噴き出した。囚われの身からやっと解放されて自由の身になった人が、喜びをかみしめて、叫び声を上げているようだった。

陶器の皿やクリスタル・グラス、銀製の立派なフォークやナイフ、刺繍を施した麻のナプキン、そういった見事な品が、大理石のテーブルの上にきちんと並べられていた。伯父は木のスプーンで皿の半分にエビを盛りつけた。もう半分のところには、タイ米を炊いたご飯をたっぷり山型に盛った小さな器を置いた。ご飯の山の上には、ミントの葉が一枚のっていた。そして、グラスには、透き通ったビールを注いだ。

「サンセール・ワイン（ロワール川流域、ブールジュの北東にある同名の村で産する風味豊かなワイン。辛口の白で有名）も出そうか？」

伯父の言葉に、わたしは首を横に振った。そこで、伯父も自分のテーブルについた。

「たいした食事じゃない」伯父は、目の前の料理を見てそう言った。「たいした料理じゃない」と。別に、冗談を言っているわけではなかった。伯父は、毎日ほんの一口の幸せを味わうために、じっくり時間をかけて料理をするからだった。日常のことは忘れ、本当においしいものを作ろうと、料理に没頭していた。伯父の生活は、洗練された美しいものに取り巻かれているが、その日常の生活の中には、伯父の求めている真実の美というものが存在しないのだった。わたしは、伯父が目の前で作ってくれた料理にはまったく手を触れず、伯父が食事するところをじっと眺めていた。料理をしていたときと同じように、伯父はひとつひとつの動作をはっきりとしたリズムで刻んでいった。わたしはとうとう料理の皿に手をつけなかったが、それでも、このときの経験は、わたしの人生で最も味わい深い食事となった。

食べることとは、喜びをもたらす行為である。その喜びを書き記すことは、芸術的な行為だと言える。だが、真の芸術作品となるのは、自分ではなく、誰かほかの人のために作る食事だけなのだ。その点で、伯父のジャック・デストレールが作った食事は、芸術作品として完璧だった。伯父自身のために料理したものではなく、後にも先にもわたしが出会ったことのない、しかも、それだけで完結した作品だった。そのときの、たった一度だけの体験は、時間や空間を超えて私の脳裏に刻みこまれ、その後のわたしの人生に、自由な感性となって雨の滴のように降り注いだ。

あのとき、わたしは目の前の光景を、まるで魔法の鏡に映し出された不思議な映像を見るように見つめていた。誰かのために食事を作るという行為は、たんに食べ物のことだけでなく、例外なくほかのすべてのことにも関係してくるものである。鏡には、そこに映し出された姿だけを切り取ったように、周りのものは何も映らない。そこだけがくっきりと浮かび上がったように、見る者に強烈な印象を与えるのである。自分ではなく、誰かほかの人のために料理をすれば、それは、当然その相手に、料理をしている姿や用意した食事を見せることになる。また、それがその人の記憶に残り、その後の人生に影響を与えることにもなるのだ。伯父のジャックがわたしに見せてくれた鏡の映像のように、あるいは、伯父がわたしのために用意してくれた食事のように、常に芸術作品になる可能性を秘めた、過去も未来もなく、周りの環境も境界線も意識しない、そんな生活をわたしもしてみたい。今、ここで考えると、それはなんとも美しく、満ち足りて見えることか。だが、それももう終わりだ。

わたしが求めているものは、これでもなかった。わたしの才能に影響を与えた食事も、わたしの知性に磨きをかけた伯父のエビ料理も、今となっては、わたしの心に何も響かない。なんて虚しいことだろう。暗い気持ちになる。

心が暗い……。

ジェジェン

グルネル通りとバック通りの角

あんたも俺も、同じ人間だ。

俺の前を通っていく奴は二種類いる。ひとつめは、よくいる、思わせぶりな連中だ。優しそうな目で俺のことを見ていたって、金をくれちまえばすぐ消えてしまう。俺は、そんなことじゃ騙されないぜ。奴らは、ときどき、俺に笑いかけたりもする。だけど、表情はいつもこわばってい るし、用が済むとさっさと行っちまうのさ。なるべく早く俺の前を通りすぎようとする奴もいる。完全に俺が視界から消えるまで百メートルの間は、さぞかし気がとがめることだろう――奴らは、だいたい五十メートル手前で、はるか前方に俺がいるのに気づく。すると、目を合わさないように、あさってのほうを向いて歩いてくる。そして、俺の前を通りすぎて五十メートルくらい行くと、やっといつもの歩調に戻る――俺が視界から消えてしまえば、もうぼろを着た乞食のことなんか気にせず、また思いっきり息をすることができるんだ。ところが、だんだん時間が経ってくると後ろめたい気持ちになったり、恥ずかしさで胸がいっぱいになったりするものだ。そういう連中の一人が、ある晩、家に帰る途中でこんなことを言っているのを聞いたことがある。その言葉を聞いて、奴らにも良心というものがあって、心のどこかではこんなことを考えているんだっていうことが、俺にもよくわかったよ。そいつの言った台詞はこうだ。

「なんてひどい有様だ。どんどんひどくなるじゃないか。胸が痛むよ。俺だって、もちろん、金はやったさ。でも、二度目でもうやめにしたんだ。だって、乞食に金を恵んでやるなんて、やるほうの身勝手に過ぎないじゃないか。とんでもない行為だよ。一度恵んでやったからって、その後もずっと恵んでやるわけにはいかないんだからな。それで、税金を払ったときふと思ったんだ。乞食に金をやるのは俺たちじゃない、国の役目だってね。国の力が衰えているから、国は果たすべき努めもできなくなっているんだよ。それでも、政府は左派勢力に傾いているから、まだましなほうさ。さもなけりゃ、もっとひどいことになるぞ。さて、今夜は何を食べようか？　パテがいいかな？」

俺は、そいつに、小便をひっかけてやった。それでもまだ、俺のほうが礼儀をわきまえてるほうさ。ブルジョワなんか反吐が出る。いかにも、自分は社会主義者ですっていうふりをしやがって。連中の欲しいのは金、なんたって金だけなんだ。その金で、お城みたいな家を借りて、貧乏人に施し物をしてやって、〈マリアージュ〉の紅茶を飲む。人間は平等だなんて言いながら、自分たちはトスカーナで休暇を過ごし、なにか罪の意識を感じることがあってもきれいさっぱり忘れちまう。不法就労の家政婦を雇い、自分がどんなに他人に親切にしているかっていうことを吹聴する。悪いのは国、国なんだ！　あいつらは、なんでも悪いことは国のせいにしちまう。無知な人間は国王を崇拝して、自分たちの生活が苦しいのは、大臣たちが買収されているせいだと思ってる。マフィアのゴッド・ファーザーは、「あいつは顔色が悪いな」なんて言うだけで、自分がしてほしいことは、手下どもにははっきり言わないもんだ。それで手下どもが何かしたって、自分が命令したことにはならないからな。子供たちは、貧しい親から金を巻き上げておいて、親が歳をとっても国は何もしてくれないなんて、社会福祉の悪口を言ってる。みんな、悪いのは人のせいにしてるんだ。自分が悪いなんて思っちゃいない。悪いのは国だ！　国だって、責められても平然と聞き流してる。自分のことじゃありませんってな顔をしていやがる。

そいつらとは違う別の人種もいる。奴らはごく自然にふるまっている。だが、人間としては最低の、嫌な連中だ。俺の前を通るとき、足を速めたり、視線をそらしたりなんかしない。ひとかけらの同情も感じられない冷たい目で、俺のことをじっと見やがる。だがな、それも奴らにとっちゃ無理もないことさ。勝ち負けは別にしたって、喧嘩の仕方も知らなけりゃ、かといって、ごろつきやダンボールで生活するこの世の中でいちばん貧しい人間にこれっぽっちも優しい気持ちなんか持ち合わせちゃいないんだから。うっかり誰かが落とした金なんか、俺たちは恥ずかしくて拾えない、なんてあの連中は思っているんだろう。

この十年間というもの、毎朝毎朝、あいつは、あの超高級アパルトマンから出てきては、いかにも金持ちぶって、偉そうに俺の前を歩いていった。そして、軽蔑を込めた静かな目で、俺のことをじっと見据えていた。

もし、俺があいつなら、俺もあいつと同じことをしただろう。乞食はみんな社会主義者だとか、貧しさが革命を引き起こすだなんて思っちゃいけない。でも、あいつはもう死ぬんだ。だから言ってやる。「くたばっちまえ。あんたが俺に恵んでくれなかった金と一緒にくたばっちまえ。どんなに金があったって、どんなに力があったって、結局は死ぬんだ。だけど、俺は喜んだりなんかしないぜ。あんたも俺も、同じ人間なんだから」

グルネル通り、寝室

パン

Une gourmandise

わたしは、息を切らして遊びに夢中になっていた。もう海から上がる時間だ。楽しいときは、時間の流れを短く感じたり、逆に長く感じたりするものだ。わたしは海岸にいた。アーチ型の海岸線がどこまでも長く続いていて、砂浜には、波が次々と打ち寄せてくる。危険は少なくて、楽しみはいっぱいある、泳ぐにはもってこいのところだった。朝からずっと、わたしはいとこたちと、大波の下をくぐったり、頭から飛びこんだりして遊んでいた。息を弾ませ、何度も何度も海に向かっていった。海岸にはパラソルが立ててあって、家族はみんなそこに集まっていた。だが、子供たちがそこへ戻ってくるのは、フリッターかブドウの房をもらいに来るときだけで、それも、大急ぎで口に放りこむと、また海へ戻ってしまうのだった。だが、わたしはときどき、ふいに熱い砂の上に立ちつくし、呆然とそのまま動かなくなってしまうことがあった。足元では砂の軋む音がしていた。意味もなく深い満足感を感じ、身体が痺れたようになってしまう。すると、カモメの鳴き声と子供たちの笑い声が聞こえてくる。まるで、海岸にあふれているたくさんの音の中からその音だけを取り出したように、はっきりと耳に聞こえてくるのだった。わたしの身体はその音以外なにも感じなくなり、うっとりと幸福感に酔いしれていた。波の動きに合わせて、飛び上がったり海にもぐったりして遊んでいるときには、もっと頻繁にその状態になった。子供の頃というのは、そんなふうに遊びに熱中してしまうものだ。どれくらいの時間が経つと、あんなにも楽しかったときを、あの情熱を忘れてしまうものなのだろうか？　今ではもう、子供の頃のように、夢中になって遊んだり、喜んだり、興奮したり、感動したりすることはできなくなっているのだろうか？　海で遊んだあの頃は、もっと単純でなんでもないことですぐ大はしゃぎしていたのに……。それからすぐに、楽しいと感じることがそう簡単にはできなくなってしまったのだ……。

一時ごろ、わたしたちは海から上がって家路についた。大渋滞のなか、ラバトまで何十キロもの道のりを、車の中に押しこめられたままで帰るのだ。その間、わたしはずっと海を見つめていた。いつまでも飽きることはなかった。それからずいぶん経ってから、モロッコで夏の休暇を過ごしてきたという若い青年に会ったことがある。その青年と話をしていて、わたしはあのとき、海岸から町へ戻るまで車で通った道を隅々まで事細かに思い出していた。そして、そのときの光景を細部に至るまで頭の中に思い描いていた。途中、至るところで大西洋が見渡せた。ときおり、夾竹桃の花にすっかり埋もれた家が顔を覗かせることもあった。精巧な細工を施した柵の間からは、日当たりの良い庭で日光浴をしている人の影が見えた。もっとずっと遠くのほうには、黄土色をした砦のような建物があって、エメラルド色の海を見下ろしていた。それが、誰も脱走に成功したことのない難攻不落の刑務所だということを知ったのは、ずっと後になってからのことだった。その先へ行くと、テマラの小さな海岸が見えてくる。始終強い風が吹いているので、波は渦を巻いていた。だから、海で泳ぐのが嫌いなくせに、浜辺で大騒ぎしたい連中が集まってくるのだ。わたしは軽蔑を込めて、そいつらを睨みつけた。その先にもまだ海岸が続いているが、危険なので遊泳禁止区域になっている。それでも、向こう見ずな釣り人が何人か、点々と海の上に散らばっていた。波が砕けるすさまじい音がして、海がまるで釣り人たちを飲みこもうとでもしているようだった。そして、いよいよ町が近づいてくる。市場は羊であふれかえり、商人のテントは風にあおられてバタバタと音をたてている。その周りでは、人が押し合い圧し合いして、まさに大混雑だった。市場の喧噪に混じって、楽しそうに大声で話す人の声や、貧しい人たちの哀れっぽい声が聞こえてきた。辺りには消毒薬の匂いが漂っていた。あまりの熱気にわたしは顔が熱くなり、ぐったりと車のシートに座りこんだ。ふと見ると、踝のところにまだ海岸の砂がこびりついていた。開けた車窓からは、歌うような、それでいて、まるで喧嘩でもしているような強い語調のアラビア語の音が、洪水のようになだれこんできた。それを聞いていると、頭がくらくらしてきそうだった。キリストの十字架に磔《はりつけ》にされたような気分だった。まさに、受難の十字架だった。夏、海から上がった後は、誰でもこんな気分になるものなのだ。家にたどり着くまでのイライラは、誰もが経験することだ。水から出て陸に上がると、身体がだるくて重くなったように感じる。おまけに、汗をかくとべたべたして気持ちが悪い。実に不愉快なものだ。それでも我慢するより仕方がない――それは誰もが経験することなのだから。だが、誰もが嫌っていることでもある。楽しかったときのことを思い出すように、嫌な思い出も記憶によみがえってくるものだ。夏休みには、いつも決まって同じことが繰り返された。そして、いつも変わらぬ、同じ感覚を味わうのだった。唇の端に海の塩が残っていて、舐めるとしょっぱかったり、温かい海水につかった後、陸に上がって皮膚が乾燥すると、指がしわくちゃになったり、首にぴったりとはりついた髪から、海のしずくがまだ滴り落ちてきたり、呼吸が短くなったり……。どれもすてきなことだった。そして、どれも楽しいことだった……。家に着くなり、私たちはシャワーに直行した。シャワーを浴びれば、肌はつややかできらきらと輝くようになり、髪も落ち着いて元どおりになる。そこで、午後の食事が始まるのだ。

私たちはそれを、車に乗りこむ前に、城壁の前にある小さな店で買った。それは新聞紙で丁寧に包まれていた。わたしはそれを横目でチラッと見てみた。そんなものがあるとは知らなかったので、はじめは驚いて呆然とした。ところがそれは後で、〝昼〟に食べるものだと知って安心したのだった。今思えば、不思議なことだ……。それは、モロッコで食べられているケスラというパンだった。今日、死を目前にして、わたしの脳裏に浮かんだパンは、このケスラだった。きれいな円形で、平らで厚みはなく、粘り気があるので、バゲットよりも菓子に近い味だった。わたしは今、このパンのことを考えずにはいられない。海から上がって、メディナを通ってやっと家にたどり着き、シャワーを浴びて、服を着替えると、すっかり気分もよくなっていた。わたしがテーブルにつくと、母はパンを手でちぎって目の前に差し出した。わたしは、母の手からパンをもぎ取った。最初の一口目としては大きかった。その生温かくて柔らかい感触も、こんがりと小麦色に焼けたところも、さっきまでいた海岸の心地いい砂の感じや色を思い起こさせた。パンと砂浜。どちらも温かくて、魅力的なところが共通点だ。そして、いつも幸せな気分で心をいっぱいに満たしてくれる。その幸福感は、実に素朴なものなのだ。上品で気取ったパンがおいしいとか、料理の付け合わせに出てきたパンだけでお腹がいっぱいになった、などと言う人がいるが、それは大きな間違いだ。もし、〝パンだけでお腹がいっぱい〟になることがあるとしたら、それは、そこで出されたパンの種類が特別だったからではなく、パンの種類が多かったからなのだ。というのは、どんなに珍しいパンでも、もともとの材料は同じだからだ。同じ材料を使っていても、パンというものは、まるで小さな宇宙を構成している星のように、種類が豊富で、味や形もいろいろある。本当にたくさんの種類があって、その味をひとつひとつ試していくだけで、パンの小宇宙ができてしまうほどなのだ。パンを食べようとすると、まず城壁のように周りを取り巻いているかたい皮にぶち当たる。だが、それを打ち破って中へ入っていくと、びっくりするほど柔らかいパンの中身が顔を出す。パンの皮は石のようにかたくて表面にひびが入っていたり、そうかと思えば、ただ表面をきれいに飾っているだけで、ちょっと攻撃すればすぐ降参してしまうようなものもある。パンの内側には、堅固な城壁のような外見からは想像もできない、早く食べてくれといわんばかりの、柔らかくて食べやすい中身がおとなしく身体を丸めて待っている。そして、パンの外側を覆っているかたいひび割れには、田園の風景が染みこんでいる。そこには、小麦の栽培方法が書いてあるような気さえする。野良仕事を終えて家路につく農家の人たちの姿が目に浮かんでくるようだ。日が暮れて、村の鐘楼が七時になったことを告げると、村人たちは、額の汗を上着の裏地でぬぐいながら帰ってくる。パンは、その村人たちの労働の結晶なのだ。

次に、小麦を製粉して小麦粉にするときの様子は、パンの皮の裏側、ちょうど皮と身の間のところに隠れている。山のように積んである干草の周りに小麦粉が飛び散り、至るところ小麦粉だらけになっている。だがそこで、突然目の前の景色が変わった。口の中には唾液があふれだし、顎の骨も咀嚼運動を始めたからだ。ケスラは、本当においしいパンだった。パンというよりも、むしろ菓子に近いような感じだった。だが、デニッシュやペストリーとはまた違っていた。嚙んでいくと、そのうち口の中でびっくりするようなことが起こるからだ。ずっと嚙んでいると、粘り気が出てきてモチモチした食感になる。それでもまだパンの中身を嚙みつづけていくと、最後には、まるっきり空気も水分も含まない、ねばねばした塊になってしまうのだ。まるで、パンが鳥もちになったみたいになる。いや、まさにその通り、まさしく鳥もちになってしまうのだ。しかし、誰だってそんなに長い間、パンを口の中でもぐもぐやろうなんて思わないだろう。パンをねばねばの塊にしてやろうと、どんなに一生懸命頑張っても、パンが感激して身を震わせるようなことは絶対に起こらないからだ。ねばねばの塊は、嚙んでいるときには、もうパンでも、パンの中身でも、お菓子でもなくなっている。ところが、それは見せかけだけのことで、口の中では、唾液とパンのイースト菌がうまい具合に混ざり合って、内部組織には、ちゃんと味が感じ取れるようになっているのだ。

昼食のテーブルでは、みんながめいめいに物思いにふけっていたので静かだった。それでも、考えていることは一緒だった……。天の恵みに感謝して、一つのパンをみんなで分け合って食べる。それは、まさに宗教的な儀式だった。教会のミサのような仰々しさも、華やかさもなかったが、わたしたちの心は一つになっていた。そして、とても厳粛な気持ちになっていた。誰も気づいていなかったが、わたしたちの心は、崇高な高みに到達していたのである。もし誰かが、わずかながらこの祈るような神秘的なときに気づいていながらも、くだらないおしゃべりや、食べ物の話をして、もっと打ち解けた、リラックスした雰囲気にしてしまったとしたら、これほど崇高な気持ちになることはなかっただろう。田舎の雰囲気、田園の風景、生きる喜び、口の中に広がる弾力性、それがすべてこのパンの中に詰まっている。それは、モロッコで食べてもほかの場所で食べても同じことだ。そして、口の中の器官を通して、自分自身を見つめなおすことができるのだ。

はじめにパンを食べた後で、次の料理を口に入れると、心の中に激しい怒りが込み上げてきた——それは、新鮮な野菜をつかったサラダだった。ニンジンとジャガイモを小さく、形のそろった賽の日に刻み、コリアンダーで味つけしただけの簡単なものだった。ところが、そんな単純な料理とは思えないほど、一口食べただけで、たちまちその味が口の中にいっぱいに広がっていった。そして、パンの味をことごとく消してしまったのだ——それから、タジンヌ（羊肉や鶏肉を野菜と蒸し煮にした北アフリカの料理）が山ほど出てきた。わたしは、舌なめずりして、お腹がいっぱいになるまで食べた。別に、あのときのことで自分を責めたり、後悔したりしたことはない。だが、口の中にはまだあのときの味が残っている。そして、口の中の感覚は、あのとき食べたもののことを覚えているのだ。あのとき、わたしは白くて柔らかいパンの中身を一生懸命口の中でもぐもぐとやっていた。もちろん、そんなことをしたのははじめてだったので、すっかり興奮して口を動かしていた。そのときふと、このパンのおいしさをもっと別な方法で味わえないものかと考えた。そこで、まだ皿にたっぷり残っているソースにパンをひたし、ソースをぬぐってみた。すると、そこにはもう田園の風景はなくなっていた。自分の心を見つめなおすこともできなくなっていた。パンをほかの料理と一緒に食べる。すると、パンの味は、一緒に食べたものの味になってしまう。そのことに気づいたのは、このときがはじめてだった。

　モロッコでの思い出は、まだほかにもある。花がいっぱい飾られたティー・ルーム。そこに座って、潮の流れや海を見つめていたこと。遠くのほうに見える、城壁の下を流れる川。雑多な色が入り混じったメディナの小路。ジャスミンの花で埋め尽くされた小さな中庭。美しい風景も貧しい場所も、至るところ西洋の香りがあふれていた。だが、太陽の下で暮らすことは、ヨーロッパでの生活とは違っていた。太陽の光を浴びて表へ出ると、目の前に広がる空間は、まったく別のものになるからだ……。太陽は、あの丸くて薄いパンのようだった。きらきらと輝いて、光がわたしの肌に染みこんでいった。こうして、あの頃のことを考えていると、太陽に照らされているかのように、肌が熱くなってくる。自分の求めているものが、なにか見つけられそうな気がする。それが何なのかはわからないが、わたしが求めているものそのものではない。だが、何かが見つかりそうなのだ……。今考えていたのはパンのことだ……。パン以外のもので、何かほかにあるだろうか？「人は、パンのみに生きるにあらず」。だが、ほかに何があるのだろう？

ロッテ

デルベ通り

あたしは、いつも、ママに言ってるの。あそこには行きたくないって。おばあちゃんは好きだけど、おじいちゃんは嫌いなの。だって、おっかないんだもの。真っ黒な大きな目であたしを見るの。それに、あたしたちが行ってもちっとも嬉しそうじゃないし。何をしてあげたって、全然喜ばないんだから。でもね、今日はいつもと違うの。あの家に行きたくなったの。こんなこと、はじめてよ。おばあちゃんとリックに会いたくなっちゃった。それなのに、ママはだめだって言うんだもの。おじいちゃんがご病気だから、邪魔しちゃいけないって言うの。おじいちゃんがご病気なんですって。そんなこと、絶対ありえないわ。お友達のジャンなら、病気だけど。そうよ、とっても具合が悪いのよ。でも、そんなことどうでもいいわ。あたしは、ジャンと一緒にいるのが好きだから。夏になると、ふたりで一緒にお散歩するのよ。ジャンは、小石を一つ拾って、それをじっと見て、なにかお話を考えてくれるの。拾った石が大きくて丸いのだったら、食べるのが大好きな太っちょさん。でも、かわいそうに、もう食べられない。今はただ、コロコロ、コロコロ転がるだけ。小さくて平べったいのは、みんなが上にのっかっちゃったから。だから、クレープみたいにぺしゃんこになっちゃった。こんなふうに、いっぱい、いっぱい、お話してくれるのよ。

おじいちゃんは、お話してくれたことなんかないわ。一度もないの。きっと、お話するのが嫌いなのね。子供も嫌いなんだわ。それから、うるさいのも嫌い。だって、前にこんなことがあったんだもの。あたしはリックと、それからアナイスと一緒におとなしく遊んでたの——アナイスのママはポールの妹よ——楽しくて、みんなで笑い転げてた。そうしたら、おじいちゃんがあたしたちのほうを振り返って、すごい目であたしのことを睨みつけたの。本当にこわい目だったわ。あたしは、こわくて泣き出しそうになっちゃった。そうじゃなかったら、どっかに隠れちゃいたかった。そんな目で睨まれたら、もう笑いたくなんかなくなっちゃった。それから、おじいちゃんは、おばあちゃんに顔も見ないでこう言ったわ。「黙らせろ」って。おばあちゃんは、ものすごく悲しそうだった。でも、おじいちゃんにはなにも言わなかった。あたしたちのところに来て、「さあ、おいで。公園に行って遊びましょう。おじいちゃんは、お疲れなのよ」そう言ったの。あたしたちが公園から帰ってくると、おじいちゃんはもうどこかに行っちゃって、それっきり戻ってこなかった。だからお夕食は、あたしとおばあちゃんと、それからママと、ポールの妹のアデールで食べたのよ。とっても楽しかったわ。それなのに、おばあちゃんはなんだか寂しそうだった。

あたしが何か聞くと、ママの返事はいつだって決まってる。「ノン」か、「そのうちわかるようになるわ」か、「大人の話に口出しするんじゃありません」か、「そんなこと心配しなくていいのよ」か、「ママは、いつだって、あなたのことを愛してるわ」のどれかなんだから。そんなこと、ママに言われなくてもわかってるのに。それだけじゃなくて、もっといろんなことも知ってるのよ。おじいちゃんは、おばあちゃんのことをもう愛してないのよ。おばあちゃんは、自分のことが嫌いなんだわ。それに、ママやローラのことよりも、ジャンのほうが好きなの。でも、ジャンはおじいちゃんのことが大嫌い。おじいちゃんも、ジャンにはうんざりしてる。それから、こんなことも知ってるわ。おじいちゃんは、パパのことを馬鹿だと思ってる。パパは、ママがおじいちゃんの娘だから、ママのことを恨んでる。それにパパは、もう子供なんか欲しくなかったのに、ママがあたしを産みたがった。だから、パパはママのことが嫌いになっちゃった。パパは、あたしのこともあんまり好きじゃないの。パパはあたしなんか欲しくなかったのに、ママがあたしを勝手に産んで、それでものすごくかわいがったから、だから、ママのことが嫌になっちゃったんだわ。ママだって、あたしのことが嫌になっちゃったこと、何回かあるんだから。だって、パパは子供はもういらないって言ったのに、ママは欲しくて、自分で勝手にあたしを産んじゃったから。ほらね、あたし、なんだって知ってるんだから。みんな、あんまり幸せじゃないんだわ。いつも誰かのことが嫌いなんだもの。なんだか、誰かのことを嫌いじゃなきゃいけないみたい。みんなわかってないのよ。誰かのことが嫌いっていうことは、結局、自分のことが嫌いなんだってことなのにね。

子供はなんにも知らないなんて思っているんでしょうけど、大人だって、ずっと前は子供だったんじゃないの？

農園

グルネル通り、寝室

美しい田園風景が広がる場所を二時間探しまわったが、とうとう目的のホテルにはたどり着けなかった。コルヴィルのアメリカ人墓地の近くに、おいしい食事を出すホテルが最近オープンしたと聞いてやって来たのだが、結局無駄骨に終わってしまった。だが、わたしは、このノルマンディーの土地が気に入っていた。それは、リンゴ酒やリンゴやクリームやカルバドス（ノルマンディー産のリンゴ酒を蒸留したブランデー）でフランベした鶏肉がおいしいからではなく、とてつもなく長く続く海岸線に沿って、眼下に広がる海がずっと遠くのほうまで伸びている風景が好きだったからだ。その景色を眺めていると、〝空と海の間〟という表現が、本当は何を意味しているのかが理解できるのだった。わたしは、オマハ海岸をゆっくりと散歩していった。そのあまりの広さと、誰もいない孤独感に目眩がしそうだった。カモメの群れと、砂浜をあちこちさまよう犬たちを、わたしはじっと見つめていた。帽子のつばに手をかざし、水平線に目を凝らしてみたが、やはり何も見えなかった。日常の喧騒から遠く離れ、静かな広い空間にひとり佇んでいると、全身に力がみなぎってくるようだった。そして、幸せな満ち足りた気分になった。

よく晴れた夏の一日だった。朝の空気は澄んでいて、新鮮だった。しかし、わたしはホテルを探してあちこち歩き回り、だんだんと募る怒りを自分では抑えることができなくなっていた。なんだか、とんでもない道に迷いこんだようだった。通りがかった人に道を聞いたとき、おそらく逆方向へ行く道を教えられたのだろう。細い路地に入りこんで、とうとう行き止まりまで来てしまった。袋小路になったところには、ノルマンディー産の石で囲った小さな農園があった。家のすぐ近くまで、堂々たる藤の木の枝が伸び、窓には血のように真っ赤なゼラニウムの花が咲き乱れていた。そして、鎧戸は最近塗り替えたばかりなのか、白いペンキの色が目にまぶしいくらいだった。家の前には菩提樹の木が立っていた。木の前にはテーブルが置いてあって、そこに五人の人（男性四人、女性一人）が座っていた。見たところ、昼食を済ませたばかりのようだった。わたしは、ホテルの住所を言って、その場所を知っているかどうか聞いてみたが、誰にもわからなかった。仕方がないので、どこかほかに食事ができる場所はないかと尋ねると、その場にいた人たちが、みんな、馬鹿にしたように鼻を鳴らした。

「ここで食べていくといい」

そのうちの一人が、もったいつけたような重々しい口調で言った。どうやら、この男が農園の主人らしかった。車の屋根に手をかけ、運転席にいるわたしの顔を覗きこんで、有無を言わさないような強い調子で勧めてきた。わたしは、この農園で食事をすることにした。

木の下のテーブルにつくと、菩提樹のいい香りがして、空腹感も忘れてしまった。ほかの人たちは、カフェ・カルバ（コーヒーを飲み干したカップに、カルバドスを注いだもの）を前に談笑していた。耳を澄ませてそれを聞いていると、両頬にえくぼのある、ぽっちゃりした若い農婦の娘が、にっこりと微笑みながら、食事を運んできた。


最初に出てきたのは、生牡蠣が四つだった。見るからに新鮮で、よく冷えていた。塩味が効いているので、レモンもほかの薬味もいっさいついていなかった。ゆっくりと口の中に流しこむと、ひんやりとした感触が口の中いっぱいに広がった。

「もうこれしか残っていなかったの。もっと大きなのがあったんだけどね。でも、この人たちが十二ダースも食べちゃったの。百四十四個もよ。よく食べたわよね」

農婦の娘はそう言って笑った。

四つの生牡蠣には、よけいな付け合わせはいっさいついていなかった。それでも、前菜としては、ほかのどんな料理にも一歩も引けを取らない完璧なものだった。飾り気もないし、多少荒っぽい感じのする食べ方だったが、食材は豪華なものだった。それから、よく冷えた辛口の白ワインがグラスに一杯出された。洗練された、フルーティな味わいだった。

「トゥーレーヌにいるいとこが造ってるの。安く分けてくれるのよ」

農婦の娘は、今度はそう言って微笑んだ。

そこでまた、おしゃべりがはじまった。隣にいた男たちは、車のことを長々と話し出した。なんだかよく訳のわからない話だった。車が前に進むとか、進まないとか。そうかと思うと、車が文句を言っただの、反抗しただの、嫌な顔をした、つばを吐いた、息切れしていたとか、急な斜面で転んで骨を折ったとか、カーブで滑った、何か食べていた、タバコを吸っていた、しゃっくりをしていた、咳き込んでいただの、そうかと思うと、ものすごく怒っていたとか、反抗してきたとか、こんなふうに途方もないことをいつまでもしゃべっていた。それは、〈シムカ一一〇〇〉という車のことを言っているのだった。なかなか言うことを聞かない強情な車で、扱い方が非常に難しい車だ。それを説明すると、こんなふうに長くなってしまうのだ。おまけに、真夏の暑い日でも、車のシートはひんやりと冷たかった。本当に、憎らしくなるような車なのだ。その場にいた男たちはみんな、怒りを顕《あらわ》にしていた。そして、話を聞きながら、しきりに頷いていた。

次に、ハムが二切れ運ばれてきた。絹のようにつややかな、生ハムとスモークハムだった。皿の上にふんわりとのせられ、二つに折り返したところが、アーチ型の曲線を描いていた。それが、今にも崩れてしまいそうなくらい薄く切ってあるのだ。ハムの皿には、パンが一切れとバターが添えられていた。どちらのハムも、びっくりするくらいやわらかいのに、歯ごたえはしっかりしていた。おまけに、どうしてこんな味が出せるのかと思うくらい美味なのだ。先ほどと同じ白ワインがふたたびグラスに注がれた。だが、今度はボトルをそのまま置いていってくれた。まだ前菜を食べただけなのに、わたしはすっかりここの料理が気に入ってしまった。なんだかわくわくしてきて、次の料理が待ち遠しかった。

わたしは、この辺りの森には、獲物になる動物がたくさんいるのかと丁寧な口調で聞いてみた。

「ああ、いっぱいいるよ。でも、事故もしょっちゅうあるんだ」

そう答えてくれたのは、セルジュという名前の男だった（ほかには、クロードと、この家の主人のクリスチャンがいた。もう一人の男の名前は、とうとうわからずじまいだった）。


そして、いよいよ、メイン・ディッシュが運ばれてきた。やわらかそうな、巨大なグリーン・アスパラガスだった。あまりの大きさに、わたしはしばらく呆然と皿を見つめていた。すると、農婦の娘が慌てて言った。

「ごめんなさい、ちょっと待ってて。すぐ作りなおしてくるから」

メイン・ディッシュにしては貧弱なので、わたしが驚いて手をつけないのだと思ったのだろう。

「いや、これでいいよ。豪華なメイン・ディッシュだ」

わたしがそう答えると、娘は顔を赤らめ、恥ずかしそうに笑いながら向こうへ行ってしまった。娘の声は、素朴でのどかな田園風景を思い起こさせる、うっとりするような響きだった。

わたしの周りでは、狩りの獲物の話がまだ続いていた。話題になっているのは、森で偶然獲物に出会ったらどうするか、ということで、男たちは、さっきよりもずっと興奮して、話に夢中になっていた。話はこうだった。

「あるドイツ人が、月のない晩に、道に飛び出してきたイノシシを轢いてしまったんだって。辺りは暗かったから、そのドイツ人はイノシシはもう死んでいるものと思って、車のトランクに入れちまった。もし同じことが起こったら、おまえならどうする？ それで、イノシシをトランクに入れたまま車を走らせていると、だんだんイノシシの意識が戻ってきて、とうとう目が覚めちまった。そして、後ろ足で蹴ったり、頭突きをしたり、トランクの中で大暴れしはじめたんだって。きっと車がものすごく揺れただろうな……。イノシシは、とうとう車をぶっ壊して、また森の中へ逃げちまったんだってさ」

その話を聞いて、男たちは、子供みたいに笑い転げていた。

最後に出てきた鶏肉の料理は、〝残り物〟をみんなかき集めてきたような感じだった（一個連隊を引き連れてきても、みんな満腹になるような量だった）。クリームも、賽の目に切った付け合わせの豚のバラ肉も、ジャガイモも、どっさり皿に盛られていた。おまけに、仕上げの黒胡椒までたっぷりふりかけてあった——ジャガイモの産地は、おそらくノワールムティエ島（ロワール河口の南方にある島）だろう。しつこい脂っこさが全然なかった。

その場の話題は、あちこちいろいろな方向へ飛んでいたが、結局また、地元で造っているアルコールの話になっていた。味がいいもの、まあまあのもの、本当にまずくて飲めそうもないもの。

例えば、無許可で蒸留したブランデーや、リンゴが熟れすぎていたり、ちゃんと洗っていなかったり、きちんと皮をむいていなかったり、収穫が悪かったりしたせいで発酵しすぎてしまったリンゴ酒は、とても飲めるような代物ではない。スーパーで売っているカルバドスもひどいものだ。だがもちろん、おいしいカルバドスもある。本物はシロップみたいな甘い味がして、口に含むとたちまちその香りが口の中いっぱいに広がるのだ。

「飲めない酒なら、ジョゼフじいさんが造ってるじゃないか。ブランデーだから、飲めばアルコールで消毒したことになるんだろうけど、だからって、じいさんの酒を飲む気になるかい？」

誰かがそう言うと、みんないっせいに笑い出した。

「まったく、嫌になっちゃうわ。もうチーズがないの、後で買いに行かなくちゃ」

その場にいた若い女が、わたしに声をかけてきた。どうやらこの家の主の妻らしいのだが、話し方のアクセントが夫とは違っていた。

ジョゼフじいさんの話から、話題は、この辺りで起こったことに移っていった。今度は、ティエリー・クラールという人が飼っている犬の話だった。

「ティエリーの犬は、近所でも評判の、おとなしい賢い犬だったんだ。なのに、ある日、樽の下からこぼれているブランデーを舐めはじめて、その味が気に入っちまったのか、いつまでもピチャピチャと舐めつづけ、どんどんやめられなくなって、まるでアルコール中毒にでもなったように夢中になって舐めていたんだ。そうしたら、いきなり、ブランデーの樽が倒れてきて、犬は樽の下敷きになっちまった。ところが、ティエリーの犬は、とてつもなくばかでかい犬だったもんで、樽の下敷きなって死ぬどころか、下からのこのこ這い出してきたんだってさ」

みんな、お腹を抱えて大笑いしていた。わたしも笑いすぎて、息が苦しくなってしまった。

デザートは、リンゴのタルトだった。生地は薄くて、さくさくしていて、香ばしい焼きあがりだった。その上に、黄金色にこんがりと焼けたリンゴが、偉そうな顔ででんと構えていた。そして、さらにその上に、水晶のような透明のカラメルがほんの少しかかっていた。わたしは、ワインを一瓶空けてしまった。もう、五時になるところだった。コーヒーを飲みおえると、農婦の娘が、わたしのカップにもカルバドスを注いでくれた。男たちは立ちあがって、わたしの背中を叩いて言った。

「俺たちは、そろそろ仕事に戻らなくちゃ。でも、よかったら、あんたは夜までいてくれよ。そうしてくれたら、俺たちも嬉しいからな」

わたしは、男たちと、まるで兄弟のように抱擁を交わした。そして、今度ご馳走になるときは、ワインを持ってくると約束した。

コルヴィルの農園には、樹齢百年を超す古い木があった。その木の下には、大きなトラックが止まっていた。いちばん身体の大きな男が運転席に座ると、ほかの男たちも、車体を揺らしながら、次々とトラックの荷台に乗りこんだ。そのうち、また、賑やかなおしゃべりが始まるのだろう。そして、みんなで大笑いするのだ。この世の中で最もおいしいものは何か、その答えをわたしは知っている。そのうちの一つを、この農園で堪能することができた。味は単純だが、なんともいえない味わい深さがあって、わたしもつい、がつがつと食べてしまった。それに比べたら、生牡蠣も、ハムも、アスパラガスも、鶏肉の料理も、付け合わせの料理くらいに思えてしまうほどだ。それは、農園の男たちと交わした会話だった。農園の男たちは、話し方は豪快で、その話の持っていき方もいかにも乱暴だが、若者らしい正直さと、それに対する情熱を持っていた。わたしは、食事をしながら、男たちとの会話も楽しんだ。あふれるように流れ出す言葉の洪水は、その場にいる者をみんな、たちまち、兄弟のようにすっかり打ち解けた間柄にしてしまった。そして、気心の知れた仲間同士のように話をしていると、ときどき、全身に深い喜びがわき上がってくるのだった。人と言葉を交わすという行為は、まるで宝箱のようなものだ。孤独な心を癒し、魔法をかけたように、一瞬のうちに、寂しい一人ぼっちの時間を楽しいときに変えてくれる。そして、そのときの記憶は、いつまでも忘れられない思い出となって、心の中の引出しに大切に保管されるのだ。人間の一生は、言葉を交わすことと、その言葉によって成り立っている。会話を交わすことは、時間の流れを言葉で包み、言葉が時間の中に浸透していくことなのだ。だから、ノルマンディーで出会った男たちは、わたしのかけがえのない友となり、農園での食事は、これまで食べてきたどんなすばらしいご馳走よりも、価値のあるものになった。農園で、わたしが心から楽しんだものは、料理ではなく、会話だったのだ。

はっきりとは聞こえなかったが、何か物音がしたような気がして、わたしは夢の中から現実に引き戻された。目をうっすらと開けてみると、アンナが、物音を立てないように、忍び足で廊下へ出ていくところだった。アンナは、いつも、わたしの邪魔をしないように、足音を立てずに歩いていた。それでも、歩幅は普通に歩くときと変わらない。貴族的で、なめらかな歩き方だった。どうしてそんなことができるのかと、わたしはいつも不思議に思っていた。それも、わたしのためにしていることなのだ……。夢から覚めるまで、わたしは、農園の木々に囲まれて飲んだブランデーの味を思い出していた。そして、その思い出に浸って、深い喜びを感じていた。それを、アンナに伝えることができたら！　会話を交わすことと、食事をすること。この二つが、わたしの求めている〝味〟を思い出すきっかけになるに違いない……。わたしは、ずっと、あの〝味〟のことを考えている。今にも目が回りそうなくらい。

ヴィーナス

グルネル通り、書斎

わたしは、ローマ神話の愛と美の女神、ヴィーナスよ。生まれたままの姿の彫像なの。大きくて、豊かなお尻も、ちょっと膨らんだお腹も、胸も、太腿も、わたしの身体はみんな石膏《せっこう》でできているの。腿をぴったりくっつけて、胸を前に突き出した、変なポーズをしているから、自分でもちょっと恥ずかしいわ。女神っていうよりもガゼルみたいな格好よね。わたしのことを見ていると、みんな、なんだか変な気分になっちゃうみたい。だから、じろじろ見る人なんかいないわ。でも、あの人だけは違う。いつも、わたしのことをじっと見るの。机に向かっていて、ふと顔をあげたときとか、何か考えごとをしているときとか、いつも決まって、わたしのことを見つめているわ。虚ろな目で、長い間、視線をわたしのほうに向けていることもあるわ。そうかと思うと、なんだか思案顔で、ひっくり返したり、裏返したりして、わたしの身体をあっちこっち調べたりするんだから。まるで、わたしの心の中を覗こうとでもしているみたい。わたしは、動くこともできないんだから、そう簡単に、わたしの考えていることなんかわかるわけないじゃない。でも、あともうちょっとで、わたしの気持ちがあの人に通じるんじゃないかと思うようなときもあるのよ。わたしが何を考えているか、あの人に伝えることができるんじゃないか、もしかしたら、あの人と言葉を交わすことができるんじゃないかって思ったりすることもあるの。ところが、あの人ったら、その〝あともうちょっと〟っていうところで、急に諦めてしまうのよ。誰もいないと思って、鏡に見とれていたら、実は誰かに見られていたっていうことがあるでしょう? 逆に、偶然それを見ちゃった人だって、気まずい思いをするものだわ。あの人が諦めて止めてしまうと、わたしは、ちょうどそんな気持ちになるの。あの人は、身体を調べるだけじゃなくて、身体を指で触ることもあるわ。わたしの身体が、女性としてちゃんと成熟しているかどうか確かめでもするように、身体の線を指でなぞるのよ。そして、手のひらでわたしの顔をなでまわすの。すると、わたしの象牙細工のようなすべすべの顔を通して、あの人の、決して人に飼いならされることのない、野性的な気持ちが伝わってくる。でも、普段は暗い部屋の中で一人ぼっち。そういうときは、わたしも血の通わない冷たいただの彫像になってしまう。ところが、あの人が書斎の机に腰掛けて、大きな銅製のランプの紐を引くと、たちまち部屋の中が明るくなって、わたしもやっと息を吹き返すことができるの。太陽のような温かい光が肩にあたって、熱いくらい。石膏の肌が温かくなって、わたしの身体にも、あの人と同じように血が通っているんじゃないかって思えるようになるわ。でもあの人は、そんなこと気づいてもくれない。わたしに背を向けて、また仕事に没頭してしまうと、わたしがここにいることもすっかり忘れてしまうのよ。それどころか、自分の身体にはちゃんと血が通っていて肌も温かいっていうことすら、わかっていないんじゃないかしら。だから、あんなふうに虚ろな目で、なんだか不安そうにしていることがあるんだわ。目の見えない人が、何かにつかまろうとして、一生懸命何もないところを手探りしているみたい。あの人は誰かにキスをしているつもりでも、本当はそこには誰もいないのよ。あの人は頭もよくて、すべてを見透かしているような鋭い目をしているけど、自分の周りには目に見えない膜がとりまいていて、その膜が判断力を鈍らせているんだってことがわからないんだわ。その膜のせいで、周りがぼんやりとしか見えないから不安になるのよ。それがなければ、何もかも輝いて見えるようになるのに。専制君主のようにいばって突っ張っているのも、周りがよく見えなくて不安だからなのよ。そのせいで、よけいに周りのものは視界から遠ざかってしまう。思うとおりに好き勝手にふるまっているように思っていても、本当は不安で不安で仕方がないのね……。

いつだって、あの人はわたしを見つめていた。そして、何かを探ろうとしていたわ。でも、結局は諦めて、目を伏せてしまう。そして、ランプの紐を引いて、わたしの存在を闇の中に消してしまう。あの人は、逃げているんだわ。ただ逃げているだけ。耐えられなくなって、逃げ出したのよ。あの人が求めているものは、わたしじゃない。あの人が不安に思っているものも、わたしじゃない。

あの人は、もう死んでしまうのね。この世には、あの人の居場所も、心が休まる場所もなかったんだわ。

犬

グルネル通り、寝室

はじめて会ったときから、すっかりその優雅な魅力の虜になってしまった、などということはなかった。あいつは尻尾をたらして、じっとわたしを見つめていた。あいつの尻尾は、後ろ足の間から出ていて、メトロノームのような規則正しい動きで、地面の上を行ったり来たりしていた。胸には産毛のような毛がうっすらと生えているのに、その下の腹には毛が生えていなくて、ピンク色をしていた。きちんと正座をしているような格好で座り、ハシバミの実のような潤んだ瞳でわたしを見上げていた。食べ物をねだるだけではなく、何かもっとほかのことを訴えているような目だった。

わたしは犬を飼っていた。子犬のときは、犬というよりも、足の生えたトリュフみたいだった。小さくてコロコロしていて、まるでボールが自分の意思で転がっているようだった。そして、忠実な友でもあった。尻尾の振り方で、どのくらい喜んでいるのかがすぐわかるからだ。嬉しくなると、興奮したカンガルーみたいにピョンピョン跳ね回っていた。それでも、やはり犬は犬だった。はじめてあいつが家にやって来たときは、丸々と太っていて、なんだかかわいそうなくらい不恰好だった。ところがそのまん丸のデブ犬が、たった数週間のうちに、小さいながらも鼻筋の通った、すらりと格好のいい犬になってしまったのだった。澄んだ瞳はきらきらと輝き、動きもすばしこくなり、胸はたくましく、脚にも筋肉がついてきた。ダルメシアンという種類の犬で、私のいちばん好きな映画《風と共に去りぬ》からとって〝レット〟と呼んでいた――なぜこの映画がそんなに好きかというと、わたしがもし女だったら、きっとスカーレットのような人生を送っていたはずだと思うからだ――ダルメシアンは、絹のようにやわらかく光沢のある真っ白な毛に、黒いまだら模様が丁寧に散らしてあるのが特徴だ。その美しさは、目で見ても手で触れてみても実感できる。しかし、性格のほうは、外見と違ってあまり人当たりがよくない。愛想がいいわけでもなく、目が合うとすぐべたべた甘えてくるようなこともしない。だが、とても思いやりにあふれている。それがなんといっても、大きな魅力なのだ。おまけに、鼻面を少し横に向けて下を向いているところや、耳が前に垂れ下がって二つ折りになっているところ、長い舌をだらりと出したところ、そんな姿を見ると、どうしてみんなあんなに犬に夢中になるのか、どうしてあんなに犬に手をかけるのかがわかるのだった。犬を飼っていた頃は、わたしもそうだった。そうしないではいられなかった。しかしだからといって、自分が馬鹿なことをしているとは思っていなかった。それに、一緒に生活していると、飼い主と飼われている動物が、お互いに悪いところが似てくるというのも疑いようのない事実だ。レットはそれほどひどいというわけではなかったが、あまり躾のいいほうではなかった。そして、ある悪癖でわたしを悩ませた。病気といっても驚くには値しない。それは、〝大食い〟という名の不治の病《やまい》だったからだ。レットの場合、むしろ〝過食症〟と呼んだほうがいいくらいだった。そのくらい食い意地が張っていた。それは、誰の目にも明らかだった。例えば、レタスの葉が一枚床に落ちただけで、ものすごい勢いで飛びかかり、前足で押さえて、あっという間に飲みこんでしまうのだった。横取りされないように、噛まずに丸飲みにしてしまうので、飲みこんだ後になって、やっと口に入れたものがなんだったのかがわかるほどだった。レットのモットーは、おそらく〝まず食べろ、見るのは後だ〟というものだろう。わたしは自分のことを、世界中でいちばん食い意地の張った、おまけにいちばんよく食べる犬の飼い主なのではないかとよく思った。レットは一日のほとんどを、何か食べ物はないかと探しまわることで時間を費やしていた。ところが、そこまで食い意地が張っていても、食べ物をもらうために何かうまい口実を考え出すということまではさすがにできなかった。それでも、食べ物にありつけそうな場所を見つけるのはうまかった。フライパンの上に置きっぱなしになっているソーセージとか、つぶれてぐしゃぐしゃになったポテトチップとか、慌てて食べてそのまま後片付けもしていないテーブルとか、家の者が誰も気づかない場所を、うまい具合に探し出してくるのだった。レットの食べ物に対する執着はいつも並外れて強いのだが、それがうんとひどくなって、どうにも我慢できなくなることがあった（それも、ちょっと芝居がかっていた）。それは、パリの祖父母の家でクリスマスを過ごすときだった。祖父母の家では、クリスマスには昔ながらのご馳走を食べて、最後は必ず祖母の手作りのビュッシュ・ド・ノエル（薪形のクリスマスケーキ）で締めくくるのが習わしだった。スポンジケーキに、コーヒーかチョコレートのバタークリームを塗って、丸めただけのシンプルなケーキだったが、祖母は丹念に心をこめて作っていた。シンプルなただのスポンジケーキでも、祖母の愛情のいっぱい詰まった、すばらしい作品だった。レットは、みんなが撫でてくれたり、父が見ていないところで、こっそりお菓子を絨毯の上に置いたりしてくれるので、喜んで家中を駆けまわっていた。廊下から居間、食堂、台所、そしてまた廊下へ戻ってくる。食事が始まっても、ずっとその調子だった。そして、時々立ち止まって、何かを舐めまわしていた。最初にレットがいないことに気づいたのは、父の妹のマリーだった。レットが行ったり来たりするたびに、白い尻尾が羽根飾りのように揺れて、ソファーの横を通り過ぎていくのが見えていたのに、しばらく前から誰もそれを見ていなかった。そのことに気づいた途端、わたしは胸が締めつけられたように苦しくなった。父も母も同じ気持ちだった。三人とも同じことを考えていたのだ。わたしたち三人は、はじかれたように飛び出していって、念のため、まず寝室へ行ってみた。レットは、そこにも入りこんだことがあったからだ。それから、わたしたちにとっては高価なデザートにも匹敵する、祖母が作ったケーキが置いてある台所に向かった。

ドアは開いていた……。さんざん注意しておいたのに、おそらく、誰かが閉め忘れたのだろう（犯人は誰なのか、つきとめはしなかった）。そのお蔭で、レットは、誰の助けも借りずに、いとも簡単に部屋に入り、なんともたやすくケーキにありつくことができたのだ。母は絶望的な叫び声を上げた。オジロ鷲がどんなに悲嘆にくれていたって、あんな胸を引き裂くような、悲しげな鳴き声を上げることはないだろう。母の叫び声を耳にしても、当のレットはなんの反応も示さなかった。盗み食いをして食べすぎて、お腹が重くて動くこともできなかったからだ。いつものように、わたしたちの脚の間を素早く駆け抜けて、安全な避難場所へ逃げ出すことなど到底無理だったのだ。その場を動こうともせず、虚ろな目でわたしたちを見上げていた。すぐそばには、ついさっきまでレットの欲求を満たしていた皿が、今はすっかり空《から》になって置いてあった。この場合、〝空《から》〟という言葉は適切ではないかもしれない。厳密に言うと、「わたしたちが現場に駆けつけたとき、レットはまだ完全にはケーキを食べ尽くしていなかった。だが、もう充分に堪能した後だった」ということになる。レットは、はじめにケーキを右端から左へ向かって食べはじめた。そして、しばらくすると今度は、左端から右へ向かって食べ出した。何度もそうやって、交互に食べていくうちに、やわらかなバタークリームが細い線になって皿の上に残っていった。ちょうどその頃に、わたしたちがやって来たのだった。せめて、そのクリームだけでも別の皿に取り分けて舐めたいと思ったが、まさか実際にそんなことができるわけもなかった。ギリシア神話のオデュセウスの妻ペネロペは、夫がトロイア遠征に行っていて留守の間、「布を織り上げるまでは求婚に応じられない」と言って、言い寄る男たちをはねのけ、タペストリーにでもなりそうな布を折りつづけたという。しかも、ある一定の長さまでくると、また布をほどいて織り直していたそうだ。そして、二十年もの間、夫が帰るまで布を織りつづけ、貞節を守った。レットの口は、まるで、そのペネロペの機織機《はたおり》みたいだった。胃袋を満たすために、いつまでも休むことなく動いているのだ。

レットがせっかくのケーキを食べてしまったと聞いても、祖母は面白がって、大笑いしていた。とんでもないことが起こったというのに、すっかり笑い話にしてしまった。それは一種の才能だった。誰の目から見ても煩わしいこと、嫌なこととしか思えないようなことでも、祖母は独特のウィットを駆使して、その中から楽しめる要素を探り当てることができるのだった。祖母は、どうせそのうち、レットは手痛い罰を受けることになるだろう。十五人分のケーキを全部平らげてしまったのだから、すぐにでも消化不良を起こすはずだ、と言っていた。それからしばらくの間、レットのお腹は見た目にもはっきりとわかるくらい、胃の辺りがぽっこりと膨らんでいた。そんなお腹をしていても、クリスマスのご馳走は、きれいさっぱり平らげた。おまけに、その後は昼寝をしてぐっすり寝こんでいた。ときどき子供たちの叫び声で眠りを中断されることはあっても、急にお腹が痛くなって目を覚ます、などということは一度も起こらなかった。とうとう最後まで、レットは消化不良など起こさなかった。翌日、父はささやかな報復措置として、レットの食事の量をほんの少しに減らしてしまった。少なくとも父だけは、まだレットのしでかしたことを許していなかったのだ。

犬は厳しく躾なければならないものなのだろうか？　せっかくの楽しみを奪われたのだから、わたしもレットのことを恨めしく思っていた。だが、ケーキにありつくために、レットがどんなことをしたのかと想像すると思わず噴き出してしまうのだった。それになにより、その場の雰囲気はとても楽しいものだった。このことがあってから、わたしは両親をときどき軽蔑するようになった。もっとひどいときには、憎しみさえ抱くこともあった。貧弱な両親の舌を満足させるより、味のわかる犬の口に入ったほうが、あのケーキにとってはよかったのではないかとさえ思った。犬好きの人には、よく知らない人間より犬のほうがいい、と言う人がいるが、わたしはそこまで考えるほどではなかったが、犬のことを、いつもその辺を散歩している、ただうるさく吠えて飛び跳ねるだけの生き物、などとは考えていなかった。犬を飼えば、当然嫌な思いをさせられることもある。それは仕方のないことだ。だが、犬にはまるで悪気などなく、無邪気にやっていることなのだから、目くじら立てて怒るよりも、思いきり笑い飛ばしてしまったほうがいい。

犬はその場の雰囲気を楽しくしてくれる道化師であり、神様からの贈り物であり、しかも、飼い主のクローンでもある。センスのいい、ふかふかの毛皮を着て、スタイルも抜群だが、いつもおかしなことばかりやって人を笑わせている道化師。なんの気取りもなく、子犬の頃から変わらない純真な魂で、人を優しい気持ちにさせてくれる、そんな神様からの贈り物。人間ではないけれど、飼い主にそっくりなクローン。この三役を同時にこなしているのだ。わたしは、レットのことを犬だとは思っていなかった。もちろん、人間だとも思っていなかった。レットはレットだった。何かほかのもの、犬とか天使とか獣とか悪魔とか、そういうものである前に、レットはレットなのだった。死を数時間後に控えて、わたしはやっとそのことを思い出した。というのは、これまでは自然な匂いのことばかり考えていたので、レットの匂いのことをすっかり忘れていたからだ。レットは、味覚だけは並外れて優れていた。確かに鼻をフンフン鳴らして匂いをかいでいることはあったが、匂いはあまり感じないようだった。信じられないような話かもしれないが、レットの肌や頭のてっぺんからは、いつもブリオッシュ（バター、卵を豊富につかったパン）のような匂いがしていたのだ。朝になると台所に漂ってくる、バターやミラベル（黄色い小さなプラム）のジャムを塗ってちょっとあぶったパンのような匂いだった。レット自身はそれに気づいていなかった。ブリオッシュを焼くと、イースト菌が温められて、すぐにでもかじりつきたくなるようないい匂いがするものだ。レットがそばにいると、思わずそんな場面を想像してしまうほどだった。レットは一日中、家の中や庭を駆けまわっていた。時折、居間から書斎を通り抜けて、廊下の反対側にある台所へ行くことがあった。そんなときには、足を小刻みに動かして小走りで書斎をすりぬけていった。そして台所では、あちこち行ったり来たりしながら、何か甘いお菓子がもらえるまで、ずっと待っているのだった。そんなとき、辺りにはいつもブリオッシュのいい匂いがしていた。その匂いは、詩や小説に描かれているような日曜日の朝の風景を思い起こさせた――日曜日の朝、ゆっくりと目覚めてベッドの中でまどろんでいると、一日の始まりを告げるブリオッシュのいい香りがどこかから漂ってくる。着古したカーディガンを羽織って階下へ降りていくと、テーブルの上にはもうコーヒーの支度が整っている。まだ完全に目覚めてはいないので、しばらくの間は沈黙が続く。もちろん、仕事の話などしない。目と目を見交わすだけで、相手の気持ちがわかる。淹れたてのコーヒーの香りが、ぼんやりとした意識を次第にはっきりとさせてくれる。湯気の立つコーヒーカップを手に朝食のテーブルにつくと、ブリオッシュがそっと目の前に置かれる。簡単に手でちぎれるように、パンにはもう切れ目が入れられている。テーブルの真ん中には粉砂糖の皿が置いてある。ブリオッシュを小さく手でちぎって、ちょっと手を伸ばし、砂糖をつけて食べる。目を少し閉じて、幸福な気分に浸る。言葉になどしなくても、幸福な気持ちは充分相手に伝わるはずだ――レットがそばにいて、周りをせわしなく行ったり来たりしていると、ついこんな場面を想像してしまうのだった。だが、レットをあれほど愛していたのは、ブリオッシュのいい匂いがしていたからではない。そんなものがなくても、同じように愛情を注いでいたはずだ。

レットがクリスマスケーキを盗み食いしてしまったことなど、もう何世紀も前のことのように思える。そのくらい長い間、思い出すこともなかった。だが、今はこうして、すっかり頭の隅に追いやられていた匂いのことを取り戻すことができた。犬の頭から漂ってくる、温かいパンの匂い。その匂いを思い出したおかげで、アメリカで朝食に食べたバター・トーストの香りが記憶によみがえってきた。パンにバターを塗って焼くと、バターが溶けてパンに染みこみ、〝パン〟と〝バター〟という異なる二つの味が、まったく違和感のない一つの味に融合する。衝撃的な味だった。わたしは、夢中になって食べたものだ。

アンナ

グルネル通り、廊下

わたしは何をすればいいの？　ああ、神様。いったい、どうすればいいのでしょう？　もう、力が出ません。息をすることもできないくらい。疲れ切ってしまって、今にも倒れそうです。きっと、あの子たちは何も分かっていないんだわ。理解してくれているのはポールだけ。あの子たちが何を考えているのか、わたしにはよくわかる。ジャン、ローラ、クレメンス、あなたたちは、今どこにいるの？　どうして何も言ってこないの？　どうして家に近づこうとしないの？　家族が五人揃えば、こんなに幸せなことはないのに。どうしてそれがわからないの？　あなたたちには、すっかり歳をとった、気難しい横柄な老人の姿しか目に入らないのね。なにもかも自分で決めてしまって、人の気持ちのことなんてこれっぽっちも考えない、自分の思いどおりに事が運ばないと気がすまない、あの人のことを、そんなふうにしか見ていないんだわ。あの人のせいで、あなたたちも、わたしも、人生を台無しにされたと思っているんでしょう——確かに、わたしは夫に顧みられない妻だった。そのことで、ずいぶん苦しい思いをしたわ。あなたたちは、わたしの心の痛みをわかってくれて、慰めようとしてくれた。その点では、あなたたちが間違っているとは言えないわ。かわいい子供たちの笑顔に、どれほど元気づけられたことか。でも、わたしがあの人を愛していること、それにはきちんとした理由があること、そして、わたしがどんな人間なのかということを、あなたたちには今まで話したことがなかったわね。

あの人と一緒に暮らせばどんなことになるか、わたしにはちゃんとわかっていた。あの人はわたしとはかけ離れた人で、華やかな世界にいて、たくさんの女性に囲まれ、とんでもない才能に恵まれていて、これから地位も名誉も欲しいままにできる人なんだって、はじめて会ったときに思ったわ。わたしにとっては王子様だった。どんなに困難なことがあっても乗り越えていく、白馬の騎士だった。でも、一緒にいるうちに、だんだんあの人の心はわたしから離れていって、とうとうわたしのことを見てくれなくなってしまった。それまでは、まるで心の中まで見透かしているかのように、ハヤブサのように鋭い目でわたしのことを見つめていたのに。でも、本当はわたしを通り越して、何かほかのものを見ていたんだわ。わたしはなにもかも知っていた。知ってはいたけれど、それがどういうことなのかは考えなかった。考えていたのは、あの人はいつわたしのところに帰ってくるかということだけ。あの人は、いつだって、ちゃんとわたしのところに帰ってきてくれた。わたしにはそれだけで充分だった。あの人が帰ってくるまでは、何も手につかず、ただぼんやりと待っているだけだった。それでも、絶対帰ってくると信じて待っていたわ――あなたたちが、そのことを知っていれば……。わたしのそんな気持ちをわかってくれていたら……。そして、わたしがあの人とどんな夜を過ごしていたか、あなたたちに話すことができればよかったのに。あの人の腕に抱かれて、わたしがどんなに興奮したか、教えてあげたいわ。悦びにうち震え、激しい欲望を感じて息が詰まり、今にも死んでしまいそうになったこともある。あの人の重みが上からのしかかると、そのたくましい力でわたしの身体は押しつぶされそうだった。あの人に抱かれていると、わたしは幸せだった。とても幸せだった。ハーレムの女が、やっとスルタンの目にとまって、寝所へ招き入れられたときのように幸福な気持ちだった。だって、ハーレムの女はスルタンの目にとまり、愛を受けるためだけに存在しているのだから……。スルタンだって、ベッドの中では優しくてちょっと恥ずかしがり屋で、子供っぽくなるものだわ。でも、雌のトラや、さかりのついた猫や、淫乱なヒョウのような女たちを相手にすれば、湧き上がる快感に悦びの叫び声を上げ、いっそう激しく動いて息が荒くなってくるものよ。そして、欲望を満たすと、目の前に新しい世界が開けたように感じるの。自分の力に自信がついて、尊大で横柄な態度をとるようになるのよ――でも、女は違う。深い喜びに沈んで何も言わず、ただ幸福な気分に浸っている。女はスルタンに自分を捧げるだけ。まるで神に身を捧げるように、自分のすべてを捧げてしまうものなのよ。そして、天に昇ったような幸福な気持ちになれるの。女にとって大切なことは、スルタンがそばにいてくれることだけ。そばにいてキスをしてくれれば、それでいいの。それだけで幸せなのよ。わかってくれるかしら……。ハーレムの女だって、もちろん自分の子供たちは愛しているわ。子供を産んで、育て、成長を見守ることに喜びを見出すこともできる。それと同じように、子供たちが父親のことをあまり愛していなかったら、辛い思いをするものよ。大きくなるにつれて憎しみを抱くようになり、言葉を交わすどころか、顔を合わせることもなくなってしまったら、それこそ拷問を受けているような苦しみを感じるわ。おまけに責任を感じて、自分を責めるようにもなる。だって、子供たちよりも、その父親のほうをよりいっそう愛しているんですもの。子供たちを守ってあげることもできないし、そのために自分の力を使いたくもない。それどころか、子供たちのために使う力なんて全然残っていないのよ。もし、わたしがあの人と別れていたら、わたしもあの人を憎むことができたでしょうね。そして、子供たちを救ってやることができたでしょう。自分で自分を苦しめることになるとわかっていても、わたしは自分の気持ちを抑えることができなかった。そのために何もかも諦めて、暗い牢獄の中に閉じこもっていたんだわ。もし、この家を出ていたら、子供たちをその暗い牢獄から救い出してやることができたのに……。わたしは子供たちにも、自分を苦しめている人間を愛するように強要していたんだわ……。今、わたしは血の涙を流している。だって、あの人は死んでしまう、この世から消えていなくなってしまうのよ……。

あの人と共に過ごした華やかな時代を、わたしは今思い出している。あの人の腕にもたれかかり、黒い絹のドレスを着て、心地いい夜風に吹かれ、わたしは微笑んでいる。わたしはあの人の妻だった。みんなが振り返ってわたしたちを見たわ。そばを通ると、うらやましそうなため息と、ささやき声が聞こえてきた。あの人は、どこへでも、わたしを一緒に連れていってくれた。わたしもどこへでもついていった。まるでただ静かな風のように、あの人の後をついていった。どこまでも……。ああ、どうか、死なないで。死んでしまわないで……。愛しているの……。

トースト

グルネル通り、寝室

それは、研修会に参加したときのことだった。その頃、わたしはもうすでに有名になっていて、サンフランシスコにあるフランス人協会が、わたしを招待してくれたのだった。わたしは、街の南西部にある、太平洋に面したフランス人ジャーナリストの家に滞在することにした。最初の朝は、異様にお腹が空いていた。ところが、厄介になった家の主人は、わたしが普段食べている〝朝食〟と同じものを食べさせるといってきかなかった。そして、わたしの好きなものを聞き出そうと、あれこれ質問してきた。話が長くなってうんざりしてきたところで、開いた窓の向こうにある一軒の小さな家がふと目にとまった。外見はプレハブ小屋よりはいささかましといったぐらいで、〈ジョンズ・オーシャン・ビーチ・カフェ〉という看板が出ていた。わたしは、そこで朝食をとることに決めた。

入り口のドアの前に立っただけで、わたしはもうすっかりこの店が気に入ってしまった。ドアの取っ手には〝オープン〟と書かれた札がかけてあった。札には金色の紐で縁取りがしてあり、ドアノブは皮製で、つやつやして光っている。その様子はひじょうにバランスがよく、調和がとれていた。ドアを開けると、言葉ではとても説明のできないような心地いい雰囲気がわたしを出迎えてくれた。気がつくと、私は店の中ほどまで入りこんでいた。わたしが心の中で思い描いていたアメリカがそこにあった。まったく意外なことに、わたしが考えていたとおりの、そっくりそのままの場所だった。わたしは、自分で想像していた場面をもう一度思い起こしてみた。想像の場面は、まるで写真を撮ったように、今目の前にあるのとまったく同じ風景だった——長方形の大きな部屋に、木のテーブルと赤い皮張りの椅子が置いてある。壁には、スターの顔写真と《風と共に去りぬ》のワンシーンのスチール写真が飾られている。それは、レットとスカーレットが新婚旅行でニューオリンズへ行ったときの、船に乗っている場面だった。ワックスでぴかぴかに磨かれた、大きな木のカウンターの上は、バターやメープル・シロップの壺やケチャップの瓶が占領している。ひどいスラヴ訛りの金髪のウエイトレスが、コーヒーポットを手に、わたしたちのほうへ近づいてきた。カウンターの向こう側では、この店の主人のジョンが、忙しそうにハンバーガーを焼いていた。見かけは、なんだかイタリアのマフィアみたいな感じだった。口元に、いかにも馬鹿にしたような皮肉な笑みを浮かべ、冷めた目でわたしたちのことを見ていた。店の中も、外の雰囲気と一緒で、バランスがとれていた。ここでは、何もかもが色あせていて、古びた家具や、フライを揚げる油の匂いと調和していた。メニューなど見なくても、注文するものは決まっていた。〝スクランブル・エッグとソーセージ、それに、ジョン特製のポテト〟だ。

すると、湯気を立てたコーヒーカップが目の前に置かれた。コーヒーは、まずくてとても飲めた代物ではなかった。次に、皿というよりもお盆といったほうがいいくらい大きなプレートが運ばれてきた。その上には、溶いて焼いただけの卵と、ニンニクと一緒に炒めたジャガイモが、あふれんばかりに盛ってあった。そして、脂っこくていい匂いのするソーセージが、その周りを取り囲むようにして三本並んでいた。それよりも小さな皿に、バター・トーストをいっぱいに積み上げて、さっきコーヒーを注いでくれた、きれいなロシア人のウエイトレスが持ってきてくれた。トーストの皿の隣には、ブルー・ベリーのジャムが入った小さな壺が置かれた——アメリカ人は食べ過ぎだ。しかも、身体によくないものばかり食べている。だから、あんなに太っているんだ、とよく言われるが、それは本当のことだ。だが、太っているのは朝食を山のように食べるからだ、と決めつけてしまってはいけない。目の前に積まれた食事を見て、わたしも思わずそう考えそうになった。しかし、本来、朝食とはこうあるべきなのだ。フランス人が食べているような、ほんのちょっとの食事量では、これから始まる一日を乗り切ることはできないし、ましてや、やる気なんかちっとも起こらない。塩分や脂っこいものを控えるために、あんなふうに気取った食事をしているだけなのだ。身体の要求に応えてやることもできなければ、食事ではなくなってしまう。食事としての役目を果たさない朝食など、神への冒瀆にも等しいものだ。

　トーストにかじりつき、皿にあふれんばかりに盛られた料理を最後の一口まで食べてしまうと、なんとも言いようのない幸福感に襲われた。フランスでは、どうして、焼いたパンにバターを塗るのだろうか？　その方式を、なぜ、あくまで崩そうとしないのか？　バターをパンに塗ってからトースターで焼けば、二つとも同時に温まり、溶けたバターがパンに染みこむ。二つの物質が一つに溶け合い、見事な調和を醸し出す。おまけに、バターのクリームのような粘っこいしつこさも消えてしまう。鍋に入れて、湯煎にかけたときのような状態になり、それがパンにすっかり染みこんでしまうので、水っぽい感じもない。パンのほうも、パサパサした感触がなくなり、スポンジともパンとも違う、その中間のようなしっとりとした食感の、温かい食べ物に変身する。一口食べただけでウキウキと楽しい気分になり、この上ない喜びを感じさせてくれるのだ。

なんてことだ。わたしは、さっきから、パンとか、ブリオッシュとか、そんな身近な食べ物のことばかり思い出している……。だが、わたしが求めている〝味〟にたどり着くためには、これが正しい道順のような気がする。このまま行けば、きっと、真実に出会えるように思えるのだ。それとも、これ以上道に迷うことはないから、そんな感じがするだけなのだろうか？　間違った方向に進んでしまって、そこから抜け出すことは、もうできないのではないだろうか？　結局、求める〝味〟にはたどり着けず、絶望し、自分で自分の不甲斐なさを嘲笑い、最期を迎えるのだろうか？　少し後戻りしてみることにしよう。まるで、ポーカー・ゲームをしているようだ。

リック

グルネル通り、寝室

ああ、いい気持ちだ。のんびりくつろぐって、気持ちいいもんだな。まるで、歳をとってくたびれた、偉いお坊さんにでもなったみたいだ。ああ、のんびりする……。これぞ、猫の生活スタイルなんだ！

俺の名前は、リックだ。ご主人はたいそうな映画好きで、自分が飼っている動物には、みんな映画の登場人物の名前をつけるんだ。俺は、すぐこの名前が気に入ったんだ。そう、いい名前だ。この家では、俺が来る前にもずっと猫を飼っていたらしい。そのうちの何匹かは、あんまり身体が丈夫じゃなかったり、事故に遭ったりで、あまり長くは生きられなかった（例えば、スカーレットっていう名前のかわいい白い子猫は、壊れた雨樋の下敷きになって死んでしまった。もう今年は修理しなきゃ、なんて言っていたところだったのに）。でも、その他の何匹かは、普通、世間でいわれている猫の寿命よりもずっと長生きしたんだ。でも、今は、もう俺しか残っていない。その俺も、十九歳になった。毎日、東洋の国から取り寄せた絨毯の上で、寝てばかりいる。でも、ご主人にとっていちばんのお気に入りで、ご主人が心の内を明かせるのは、この俺だけなんだ。それは、ついこの間話してくれた。ご主人が、書斎で最後の批評を書き上げた日のことだった。俺はその原稿の上で、伸びをしていた。大きなランプの明かりが灯っていて、机の上は暖かかった。そして、ご主人は、俺の背中を優しく撫でながらこう言った。

「なあ、リック。おまえはかわいいな。おまえがいちばんかわいいよ。そうだ、おまえはいい子だからな。なあ、リック……。おまえのことを憎らしいと思ったことは、一度もないぞ。おまえが、わたしの原稿を破いてしまったときだって、憎らしいとは思わなかった……。おまえは、なんてきれいな猫なんだ。つややかなひげ……、なめらかな毛並み……、アドニス（ギリシア神話で女神アフロディテに愛された美少年）のようにしなやかな身体……、ヘラクレスのように力強い脚……、オパールのように虹色に光る眼……、ああ、なんてきれいなんだ……。こんなきれいな猫は、おまえだけだ」

どうして、俺の名前は〝リック〟なんだろう？　ほかに言葉を知らないみたいに、何度も何度も繰り返し、そう自分に問いかけてきた。十年前、十二月のある晩に、赤毛の小柄な女がこの家にやって来るまでは……。その女は、ご主人と一緒にお茶を飲んで、俺の喉をごろごろいわせながら、ご主人に、俺の名前の由来はどこから来ているのか聞いたんだ（俺は、その赤毛の女のことが気に入っていた。女にしては珍しく、いつも獣のような、野性的な香りを漂わせていたからだ。ほかの女たちは決まって、男の気を惹こうと、甘ったるい香水をつけていた。猫には〝本当の匂い〟をかぎ分けることができるから、そんな香水をつけたところで、ちっとも魅力的になんかならないのに)。

「映画の《カサブランカ》に出てくる〝リック〟からとってつけたんだ。自由でいたいために、女を諦めた男の名前さ」

ご主人は、そう答えた。それを聞いたとき、赤毛の女がちょっと身をこわばらせたのが、俺にはわかった。ご主人の言い方はぶっきらぼうだったが、その言葉には、ぞくぞくするような男の魅力が感じられた。

もちろん、今では、自分の名前のことなんかもう考えることはない。そして、今日、ご主人は死ぬんだ。それは、俺にもわかる。医者のシャブロがご主人にそう言っていた。医者が部屋から出ていくと、ご主人は俺を膝の上にのせ、俺の目をじっと見つめた(ご主人の目は、本当に悲しそうだった。ところが、俺は、疲れているときのような目で、ご主人を見ることしかできなかった。それは、猫が泣くことができないからじゃなくて、悲しみをどうやって表現したらいいのかがわからないからだった)。ご主人は、俺にこう言った。

「医者の言うことなんか聞いちゃいけないよ、リック」

でも、今日が最後の日だっていうことは、俺にもわかる。ご主人にとっても、俺にとっても最後の日だ。ご主人が死んだら、俺も一緒に死ぬ。いつだって、そう思ってきた。今、ご主人は俺の隣にいて、俺の尻尾のそばに右手をそっと置いている。そして、俺は、ふかふかの羽毛のクッションの上に寝転んでいる。こうしていると、昔のことを思い出す。

昔は、いつもこんなふうだった。ご主人が足早に歩く靴音が、アパルトマンの前の歩道に響いてくる。そして、階段を二段ずついっぺんに上って、あっという間に玄関の前までたどり着く。俺は、大急ぎでドアのところまで飛んでいって、コート掛けと大理石のコンソールテーブル（壁に取り付けた装飾用のテーブル）の間に座って、ご主人が入ってくるのをじっと待つ。

ご主人がドアを開ける。そして、素っ気無い態度でコートを脱いで、ハンガーに掛ける。そこで、やっと、俺がいることに気づく。すると、俺のほうへ近づいてきて、にっこり微笑みながら、優しく撫でてくれる。アンナも急いでやってくる。でも、ご主人は見向きもしない。俺から目を離さず、優しく撫でる手を止めることもなく、心配そうな声でこう言うのだ。

「リックは少し痩せたんじゃないか、アンナ?」

「いいえ、とんでもない。そんなことありませんよ」

アンナが答える。

俺は、ご主人の後をついていって、書斎まで入っていく。そこで、ご主人のお気に入りの芸をやってみせる――一瞬身体を丸め、弾みをつけてぱっと飛び上がる。足音もなく、しなやかな動作で、机の上のモロッコ皮のデスクマットに着地する。すると、ご主人が俺に話しかけてくる。

「かわいい奴だな、おまえは。こっちにおいで。わたしがいない間、何があったのか話してくれ……。仕事が忙しくて、死にそうだったんだよ……。でも、おまえにはそんなことは関係ないな。何も心配しなくていいんだよ……。おまえの毛並みは絹のようだな……。さあ、あっちで寝ていなさい。わたしは、また仕事をするんだから……」

　真っ白な紙の上をすべっていく、羽根ペンの規則正しい音は、もう聞こえない。外は激しく雨が降り、窓ガラスを打つ雨音がどんなに強く聞こえてきても、書斎の中はしんと静まりかえり、その静寂を破る者は誰もいない。そんな午後は、もう二度と来ない。ご主人の隣でじっと身を潜め、ご主人が原稿を書き上げるまで、ずっとそばにいて見守っている。そんな安らかな時間を過ごすこともうないのだ。決して。

ウイスキー

グルネル通り、寝室

祖父は、ある人物と大喧嘩をしたことがあった。だが、その記念すべき出来事が起こった後は、二人の間は何事もなかったように、生涯変わることのない友情で結ばれることになった。その友情は、祖父が亡くなった後も続いていた。というのは、その人物――ガストン・ビヤンウールー氏（それが、彼の名前だった）は、祖父の未亡人、つまり、祖母が生きている間――もっと正確に言うと祖母の死ぬ数週間前まで――は、祖母を訪ねてきて、自分の義務を果たしていたからだ。

ビヤンウールー氏は、ときどき、仕事でパリまで来ることがあると、忘れずに祖父の家へ寄り、最新のワインが入った小さなダンボールを一つ置いていった。そして、年に二度、復活祭と万聖節のときには、祖父が、祖母を連れずに独りでブルゴーニュまで降りていって、九三日間、明けても暮れても酒ばかり飲んで過ごすのだった。そして、帰ってくる頃には、少し話し過ぎたのではないかと、自分で心配になるくらい、すっかりおしゃべりになっていた。

十五歳のとき、祖父は、わたしを一緒にブルゴーニュへ連れていってくれた。ブルゴーニュは、

〈コート・ワイン〉で有名なところだ。緑に囲まれた細い小道が、ずっと遠くまで続いている。ディジョンからボーヌにかけては、名酒として名高いワインの銘柄の産地がずらりと並んでいる。ジュブレー・シャンベルタン、ニュイ・サン・ジョルジュ、アロクス・コルトン、そして、もっと南へ行くと、ポマール、モンテリー、ムルソーといったほとんど国境に近い地名もある。しかし、ガストン・ビヤンウールー氏は、そんな有名なワインを造っている金持ち連中のことをうらやんだりはしていなかった。イランシーという土地に生まれ、そこで育ち、いずれそこに骨を埋めるつもりでいた。小高い丘と、そこでみんなで手を取り合い、列をつくって踊る民族舞踊のほかにはなんの特徴もない、ヨンヌ県（ブルゴーニュ地方北西部）のその小さな村で、肥沃な土地に育つブドウの栽培に誠心誠意、献身的に尽くし、同じブルゴーニュの土地でワインを造るほかの誰かを妬んだりするようなことはなかった。なぜなら、ビヤンウールー氏の造るワインは、ほかの銘柄のものと比べたりすることができなかったからだ。自分の造るワインにどのくらいの値打ちがあるのか、またそのワインを造る自分自身にどのくらいの技量があるのか、ということをビヤンウールー氏はよく理解していた。その土地でワインを造りつづけていくには、それだけで充分だったのだ。

フランス人は、ワインに関して、ばかばかしいくらい形式を重んじることがよくある。祖父とブルゴーニュへ行く数カ月前、父がムルソーのシャトーにあるワイン蔵へ連れていってくれたことがあった。そこは、すばらしいところだった！　入り口にはアーチがあり、蔵の天井はドーム型になっていた。どのワインにも見事な意匠を凝らしたラベルが貼ってあり、ずらりと並んだ銅製の棚は鏡のように磨き上げられ、キラキラと輝いていた。そして、ワインの試飲用にクリスタルのグラスが置いてあった。しかし、ただ単純にワインの味を楽しもうと思ったら、そのすばらしい付属品が却って邪魔になってしまうのだ。豪華な装飾や、うるさい礼儀作法のお蔭で、わたしの舌を刺激しているのはワインなのか、それとも周りにあるものなのか、判断がつかなくなってしまうからだ。実を言えば、その当時のわたしは、ワインの味など本当はよくわかっていなかった。だが、食事のとき、ワインの味見をするのは男の役目だということは知っていた。誰にも打ち明けたことはなかったが、そのうち、突然目の前に道が開けたようになって、ワインの味がわかるようになるのではないかと考えていた。ところが、いくら練習を重ねても、どれも同じような味にしか思えなかった。仕方なく、わたしはワイン協会の講習会に参加することにした。そこでワインの味についての手ほどきを受け、口の中で脈打つような力強さを持つコクのある味と、華やかな風味の中にワインのおいしさを倍増させる渋みが潜んでいることを学んだ。しかし、ワインの味の奥深さと真っ向から勝負するには、まだまだ力不足だった。批評をするときも、はっきり表面に出ている味しか感じ取れず、さんざん悩んだ挙句、曖昧な意見を言うことしかできなかった。だから、せっかく祖父が、自分の親しい友達と酒を飲んで楽しもうとしているところへわたしを一緒に連れていってやると言ってくれたときも、あまり乗り気にはなれなかった。そのうえ、知らない土地を案内してくれるとも言ったのに、わたしはあまりいい顔をしなかった。

ところが、イランシーの村もビヤンウールー氏のワイン蔵も、わたしはすっかり気に入ってしまった。なんの装飾もない単純な造りの大きな蔵は、土を固めただけの壁に囲まれていた。丸天井もアーチもなく、見学に来た人をもてなすシャトーもなかった。あるのはただ、ひっそりと咲く清楚な花に彩られた、ブルゴーニュ地方独特の美しい家だけだった。蔵の入り口の樽の上には、ありふれた形の脚付きのグラスがいくつか置いてあった。中まで入っていかなくても、入り口で試飲ができるようになっていたのだ。わたしたちは、さっそく、試飲を始めた。

一口飲むと、もう一口飲みたくなった。グラスが空くと、もう一杯欲しくなった。ビヤンウールー氏は、次から次へとワインの栓を抜き、空になったボトルが辺りに転がって、まるで行列を作っているようになった。酔っ払って気分が悪くなったときのために、隅のほうにはちゃんと壺が用意してあった。これで心置きなく飲めるのだ。祖父とビヤンウールー氏は、浴びるほどワインを飲みながら、思い出話に花を咲かせていた。だが、話の内容はいつも同じで、何度も何度も同じことをくどくどと繰り返していた。二人にはまるで想像力というものがなかった。それでも、純粋に会話を楽しんでいるようだった。わたしはもう、自分が自分ではないような気がしていた。すっかり反抗する気力も失っていた。それまで、ビヤンウールー氏はわたしのことはあまり気にとめていなかった。しかし、ふと、わたしのワインを飲むスピードが速いことに気づいて、祖父に向かってこう言った。

「この坊やは、ワインが好きじゃないんだって？　本当かい？」

わたしはもうすっかり酔っ払っていて、自分の無実を主張するため、抗議することもできなかった。それに、その頃には、ビヤンウールー氏の農作業用のズボンも、黒いサスペンダーも、赤いチェックのシャツや、同じように赤い鼻も、頬も、黒いベレー帽も、なにもかもが魅力的に見えて、わたしはビヤンウールー氏が大好きになってしまっていた。だから、とても嘘をつく気にはなれなかった。わたしは何も反論せず、じっとおとなしくしていた。

どんな方法をとるにせよ、男は誰でも自分の城を持つことができる。どんなに無骨な田舎者でも、荒れ放題の農園の主でも、会社の中でいちばん下っ端の平社員でも、ちっぽけな店の主人でも、社会で最下層の身分に属している人間でも、どんな要因があるとしても、社会からはみ出し、さげすまれるようなことがあっても、勝利の瞬間というものを味わうことが必ずあるはずだ。もちろん、ビヤンウールー氏は最下層の人間などではないが、田舎に引きこもり、わずかな耕地でブドウを栽培し、商人と値段を交渉するくらいしか社会との接点を持たない、ただの農夫だった。そのただの農夫が、あのときは王様のように立派に見えたのだ。ビヤンウールー氏の動作には、上品なところも粗野なところもあった。だが、そのすべてに絶対権力者のような威圧感が潜んでいた。

「このおちびさんに、人生ってやつを教えてやろうじゃないか。なあ、アルベール？　そろそろ、ＰＭＧを開けるとしよう」

ビヤンウールー氏の言葉を聞くと、祖父は静かに微笑した。そして、その笑顔に応えるように、ビヤンウールー氏がまた口を開いた。

「なあ、ぼうず。ワインの飲み方を俺に教育してもらえるなんて、滅多にないことなんだぞ。俺のお蔭で、将来はきっと大物になれるよ。今日飲んだワインは、どれもうまかっただろう？　でも、これで全部じゃないんだ。ブドウ畑の農園主は、自分で造ったワインを全部売っちまったりはしない。自分のために、何本かとっておくんだ。もちろん、商売のためなんかじゃないぞ。喉が渇いたとき、自分で飲むためさ（ビヤンウールー氏の穏やかな顔つきが、見る見るうちに、何か含みのある笑顔に変わっていった）。やっとわかったかい？　ほら、誰にも見つからないように、あの隅っこのところに、〝ガストン・ビヤンウールー氏専用〟のＰＭＧが隠してあるんだ。それで、友達が来たときに、それもいちばんの親友が来たときに、一緒に飲んで楽しむのさ」

ビヤンウールー氏は、飲みかけのグラスを脇に置いた。そして、もうこれ以上待ち切れないといった調子で、わたしに声をかけた。

「さあ、おいで。何をしているんだ。さあ、早くおいで」

わたしは、すっかり酔いが回っていて、身体を動かすのも面倒だったが、なんとか気力を奮い起こした。目の焦点もはっきり定まらず、ろれつもまともに回らなくなっていたが、なんとかビヤンウールー氏の後をついて、蔵の奥まで入っていくことができた。ＰＭＧがどんなものかわからなかったが、早く飲みたくて仕方がなかったのだ。ＰＭＧを飲めば、未知の世界への扉が開かれるような気がしていた。安物のワインでは味わえない、貴族的な上品な味がするに違いない。そう思うと、目の前でワインがグラスに注がれているかのように、トクトクという音が聞こえるようだった。

ビヤンウールー氏は、大きな南京錠で厳重に鍵がかけられた収納庫の前に来るとふたたび口を開いた。

「本物の味を見極めるためには、おまえさんはまだ若すぎるんだな。だが、なにも親の歳になるまで待つ必要なんかないさ（ビヤンウールー氏は、ゆっくりと祖父のほうを振り向くと、無言で同意を求めた――祖父は何も言わなかった）。もっと渋みのある酒で、胃の中を掃除してやれば、味もわかるようになるさ。これから出すのは、極上の酒だ。味は俺が保証する。こんなうまい酒、今まで一度も味わったことなんかないはずだ。本物の味だぞ。今日がおまえさんの洗礼式だ。さっき言ったはずだろう？　〝俺が教育してやる〟って」

ビヤンウールー氏は、いったい何が入っているのかと思うほど大きなポケットから、やはり大きな鍵の束を取り出した。それから、その中の一つを巨大な南京錠に差しこみ、鍵を回した。すると、祖父は急に真剣な顔つきになった。周りの空気が一変して、突然厳粛な雰囲気になったので、酔いが回ってふらふらしていたわたしも、興奮して鼻を鳴らし、背筋をちゃんと伸ばして立った。そして、不安な気持ちでビヤンウールー氏を見守った。ビヤンウールー氏は、収納庫の中から、とてもワインとは思えないような黒い色の瓶と、なんの飾りもついていない大きなグラスを一つ取り出した。

それが、ＰＭＧだった。ビヤンウールー氏は、スコッチ・ウイスキーを、スコットランド一の蒸留酒の製造業者から、わざわざ取り寄せているのだった。ビヤンウールー氏は、マークという名の製造業者と第二次世界大戦中、ノルマンディーで出会ったということだった。そして、戦後、マークはスコットランドへ帰還し、ウイスキーの製造を始めた。それ以来、ビヤンウールー氏は、毎年、マークが自分用に取っておいたウイスキーを、何本か分けてもらっているのだった。琥珀色をした、ルビーのようなその液体は、食前でも、食事をしながらでも楽しめる、本質的にヨーロッパのスタイルに合った酒だった。

「業者にはいいワインを売っているが、いちばんいいやつは自分用に取っておくものなのさ」

ビヤンウールー氏の説明によれば、スコッチ・ウイスキーの製造業者である友人のマークのためにも、いちばんいいワインを取っておくということだった（普段やってくる客には、その辺で上等のウイスキーを買ってきて、もてなしてやるのだそうだ。近所に住む、野菜の栽培をしている農家の人も、客には缶詰のトマトを出すのだと言っていた）。まだ幼いわたしの目には、目の前の老人がとてつもなく大きな人物のように映った。ビヤンウールー氏は、世間一般で、こうしなければならないとか、こうすべきだと言われていることにはまったくとらわれず、自分の行動を自分の思ったとおりに決めていたからだ。わたしにとっては、まるで支配者のように思えた。個人経営のちっぽけなワイン蔵にやってきたお蔭で、わたしは、ガストン・ビヤンウールーという、決して表舞台に出ることのない、偉大な人物と出会うことができた。それ以来、レストランで食事をすると、公表はしていなくても、そこの経営者は本当はブドウ園を所有しているのではないかとか、厨房や、食糧の貯蔵庫のような、人の目に付かないところに、いいワインが隠してあるのではないかと疑うようになった。しかし今では、そんなふうな考え方は、あまり現実味のないことだということがわかった。ビヤンウールー氏は、ウイスキーを少しずつグラスに注いでいった。それをじっと見つめているうちに、わたしの胸は不安でいっぱいになった。この金色の液体と正面から対峙するためには勇気が必要だった。わたしは、自分の心の奥底から、それをなんとか引き出そうとしていた。

匂いをかいだだけで、わたしの頭の中はすっかり混乱していた。今までに一度もかいだことのない、想像もつかないような匂いだった。鼻の中を強烈な刺激が走り、筋肉が痙攣しているときのような感じがした。その中から、強い辛口と、フルーツのようなさわやかな風味が嗅ぎ分けられた。まるで、アドレナリンが気体になって、身体の表面や鼻から噴き出していくようだった……。わたしは、しばらくの間、呆然としていた。だが、それが通りすぎると、この強烈な匂いが、すっかり気に入ってしまった。

清楚な公爵夫人のように、わたしは、唇を金色の液体でそっと湿らせた……。すると、すさまじいことが起こった！　口の中は、いきなり唐辛子を放りこんだみたいになった。何かが暴れていて、手のつけられないような状態だった。舌も、頰の内側も、舌の粘膜も、何も感じなくなってしまっていた。どの器官も、まったく機能を果たしていなかった。まるで、口の中で戦争でも起こったみたいだった。わたしは、最初の一口目をすぐには飲みこまず、いつまでも口に含んだまま、舌の上で転がすように、じっくりとその刺激を味わった。それがウイスキーの楽しみ方なのだ。二口目のときは、もうゆっくり味わわず、一息に喉の奥まで流しこんだ。すると、ウイスキーの通り道になっている器官が、太陽の光があたったように温められていることに気がついた。酒の好きな人は、強い蒸留酒を飲むときは、こんなふうに一気にグラスの酒を飲み干してしまうものなのだ。酒の強い刺激が通りすぎるまで、ほんの少しの間、目を閉じて待っている。そして、それがすっかりおさまると、ほっと一つ溜め息をつく。ウイスキーには、こんな楽しみ方もある。だが、このやり方では、ウイスキーの味を楽しむことはできない。なぜなら、アルコールが喉を通りすぎていくだけで、味覚にはなんの刺激も与えないからだ。しかし、ウイスキーが通過していった器官は、まるで爆弾が破裂したような強い衝撃を受けることになる。それからだんだんと温められ、さらに熱くなり、その場所が気になって仕方がなくなってくる。やがて、器官が目覚め、ついには快い刺激を感じるようになるのだ。まるで太陽が体の中にあって、器官を照らしているような、そんな気にさせられる。

有名なワインの生産地であるブルゴーニュで、わたしはウイスキーをはじめて口にした。そして、眠っていたさまざまな器官が、そこではじめて目を覚ましたのだった。皮肉なことに、ビヤンウールー氏が手ほどきをしてくれたお蔭で、わたしは、自分が本当に求めていることが何なのかわかったのだった。そして、将来進むべき道が見えてきた。だがその後、批評家として活躍している間は、本当に味わい深い酒はウイスキーではなく、ワインだとずっと思っていた。ウイスキーのことは、二番目の地位の飲み物という認識しか持っていなかった。わたしの批評の中で賞賛され、次の年の収穫が予想されるのも、ワインだけだった。今思うと、ひじょうに残念なことだ……。今日になって、やっと、真実が見えてきた。ワインなんて宝石のようなものなのだ。だから、小さな女の子が欲しがるピカピカの安物より、洗練されたものが好まれるのだ。わたしは価値のあるものを好きになるように教えられ、逆に、教えられなくてもすぐに自分でおいしいと感じるものについてはあまり関心を持たないようにしてきた。今にして思えば、本当に好きな飲み物は、ビールとウイスキーだけだったのだ――たとえワインが最高の飲み物だということがわかっていても。今更そんなことに気づいたのかと思うと、残念でならない。悔やんでも悔やみきれない思いが残る。そうだ、わたしは、最初の一口目から、ウイスキーの虜になっていたのだ。ところが、二口目を飲んだときに、その気持ちをすっかり忘れてしまったのだ――そして、顎に一発食らったような、あれほど強い衝撃を、今日まで思い出すこともなかった。わたしの地位や名声が、それを邪魔していたのだ。批評をするということで、自分自身をがんじがらめにしてしまっていたのだろう……。

なんということだ。どうしても見つけることのできない〝味〟を求めて、とんでもない場所に入りこんでしまったようだ……。ここは風も吹かない、草木も生えない、見捨てられた荒野のようだ。深い湖も、石の壁もない。温かいもてなしとか、優しさとか、慎み深さとか、そんな言葉とは程遠いところだ。あるのは氷のような冷たさだけ。燃え上がる炎もない。すっかり道に迷って、抜け出せなくなってしまった。

ロール

ニース

人生なんて他愛ないもの。友達のローズが、今朝そう言ってたわ……。ああ、嫌になっちゃう。なんて悲しい歌なのかしら……。わたしまで悲しくなっちゃう……。うんざりだわ。もう、うんざり……。

わたしが産まれたのは、保守的な、フランスの昔ながらの古い家だった。価値観なんて、昔も今もちっとも変わっていない。まるで岩みたいにコチコチの厳しい家庭よ。でも若い頃は、それがおかしいなんて思うことすら許されなかった。おばかさんで古めかしい考え方の、ちょっぴりロマンティックな女の子だった。ただぼんやりと、いつか王子様が迎えに来てくれるんじゃないかと思っていたわ。パーティがあると、いつも自慢のカメオをつけていって、みんなに見せびらかしていたっけ。そのうち、結婚したわ。両親が勧める人と、当たり前のように。もちろん、相手のご両親も乗り気だった。やがて、希望は絶望に変わった。子供の頃、夢に描いていたのとは大違い。くだらない毎日だった。明けても暮れても、ブリッジとパーティばっかり。ほかには何もすることがないのよ。でも、わたしは、自分が誰を待っているのかさえわからなかった。

　そして、あの人に出会ったの。わたしはまだ若くてきれいで、カモシカのように華奢だったわ。あの人にとっては、簡単に手に入る獲物だった。心をときめかせながら密会を重ね、夫を裏切り、熱にうかされたように禁じられた愛に身を任せた。わたしは、ついに王子様を見つけたのよ。あの人は、まるで麻薬のようにわたしを興奮させ、楽しませてくれた。わたしはソファーの上に物憂げに身を投げ出して、繊細で美しい、長い手足を惜しげもなくあの人の視線にさらした。あの人に見つめられると気が高ぶって、まるで女神になったような気分になるの。そう、わたしはあのときヴィーナスになったんだわ。

　もちろん、わたしは感受性の強い、ただの小娘に過ぎなかった。わたしにとっては世間に背くことでも、あの人にとってはありふれた遊び、楽しい気晴らしだったのよ。怨まれるより、無視されることのほうがどんなに辛いか知れないわ。あの人の心の中には、わたしはもう存在しない。あの人は、もうわたしのところに戻ってはこない。かわいそうなわたしの夫。わたしはなんて軽薄で、移り気だったんだろう。なんて欲の深い女だったんだろう。姿形は優雅で美しくても、頭の中は空っぽで、なんて馬鹿だったんだろう。わたしは十字架を背負っている。心の中で戦っているのだ。

　そして、あの人も、死んでいく。

シャーベット

グルネル通り、寝室

〈マルケ〉へ行って、食べたいと思ったものが食べられなかったことは一度もない。あの店では、いつも気前よくわたしの注文に応じてくれるからだ。何か変わったメニューはないかと躍起になって探す必要もない。厨房にはいずれ劣らぬ腕自慢のシェフたちが揃っていたが、誰一人として現状に満足したりするようなことはなく、それどころか、ちっとも新しいメニューを開発しない保守的な店だと世間で陰口をたたかれるのを恐れていた。なかでも、女主人のマルケは研究熱心だった。いつ行っても、必ず何か新しい料理を勧めてくれた。彼女にとっては、それが自然なことだった。彼女の作る料理には、永遠に若さを失わない、みずみずしい少女のような輝きがあった。だから、何年通いつめても、〈マルケ〉では、いつも新鮮な驚きに出会えるのだった。オペラのプリマ歌手は自分の持ち歌がいくつあっても、新しい曲をリクエストされれば嫌な顔一つせず歌ってくれる。マルケも、それと同じように、客の注文に快く応じてくれた。

〈マルケ〉ではじめて食事をしてから、もう二十年にもなる。わたしが自分で行きたいと思って通った名のある多くの名店のなかで、〈マルケ〉はわたしの理想どおりの料理を出す唯一の店だった。あの店に行ってがっかりさせられたことは一度もない。〈マルケ〉の料理の前では、さすがのわたしも何も文句のつけようがなかった。いきなり顔面に一発食らったように、何も言えなくなってしまうのだった。繊細で独創性にあふれ、おまけに、かなり手の込んだ料理なのに、まるで気取りがなく、ごく自然な感じがするのだ。

七月のある晩のことだった。わたしは、いつものように、テラスのテーブルに席をとり、これから悪戯でも始めようとしている子供みたいに、わくわくしながら座っていた。足元からは、マルヌ川（セーヌ川の支流。ラングル丘陵に発し、パリ南東部で合流する）が静かに流れる水音が聞こえてきた。川岸には、陸地《おか》と川の上にまたがるようにして、白い石でできた古い水車小屋があった。修理したような個所がいくつもあり、ひび割れたところにはあちこち緑色のやわらかいコケが生えて、裂け目の奥のほうまで入りこんでいた。暮れ行く夕闇の中、水車がゆっくりと回り、水面がキラキラと輝いていた。そして、次々とテラスに明かりが灯っていった。わたしはマルヌ川の流れをこうして眺めるのが特に好きだった。この川は大地に潤いと恵みをもたらしながら、静かに丘陵地帯を流れ、パリまでたどり着くのだ。水際の水車小屋を見ていると、心が安らかになった。静かな水の流れには、ひっきりなしに行ったり来たりする人間の邪《よこしま》な感情とはまるで違った、穏やかな魅力があるからだ。しかし、その日はいつものように川の流れを楽しむことはできなかった。店の女主人が出てくるのを、今か今かと待ちわびていたのだ。そのことで頭がいっぱいで、ほかには何も考えられなかった。だが、ほとんど待たされることもなく、マルケがやって来た。

「やあ、こんばんは。今夜は、ちょっと特別なものが食べたくてね」

そして、わたしは、そのメニューをひとつひとつ数え上げた。

「前菜は、一九八二年に食べたウニの山椒あえロワイヤル風、ウサギの肉と仔ウサギの腎臓と肝臓のたたき、そば粉のガレット。次に、一九七九年の、南欧風鱈と、ジラルドー産の脂ののった牡蠣、フォア・グラのグリル、ポロネギでとろみをつけたサバのブイヨン・スープ。メインは、一九八九年の、イシビラメを薄く輪切りにして、香りをつけて鍋でコトコト煮て、仕上げに田舎風のリンゴ酒を加えた料理。それから、ゴーティエーの牧草地で飼育した鳩にメース（ナツメグの実を包む仮種皮で、ソースやリキュールなどの香りづけに用いる）で味つけしたもの、ドライフルーツとフォア・グラを散らしたラディッシュも口直しに欲しいな。これは一九九六年に食べたメニューだ。デザートには、一九八八年のトンカ豆（熱帯アメリカ産の豆科の植物。果実は芳香があり、香料製造に用いられる）で香りづけしたマドレーヌを頼むよ」

わたしは、まるで詩の朗読をしているような気分になった。〈マルケ〉で食事をするたびに、燃えるような熱い感動を覚えてきた。その日は、これまで体験してきた数々の感動を一気に全部味わいたくなったのだ。さまざまな料理に対する欲望の波がどっと押し寄せてきた。天板の上に小さなパンをいっぱい並べて一度に焼いてしまうように、たくさんの料理を、一度にまとめて全部食べてしまいたくなったのだ。わたしは本物の金塊か、女神の首飾りでも探し当てたときのように興奮していた。マルケの作る料理は、伝説を作り出すことになるだろう。

そして、勝利の瞬間が訪れた。マルケは呆れたようにわたしの顔を見ていたが、すぐに承知してくれたのだ。テーブルの上のまだ空っぽの皿に視線を落とすと、今度はゆっくりと顔を上げ、わたしの目をじっと見つめた。それはあらゆる賞賛にも値する、うっとりするような、また、恭しくもあるようなまなざしだった。マルケは静かに頷くと、仕方がないといったふうに唇を尖らせて言った。

「ええ、わかりました。もちろん作りますとも。大丈夫、全部承知しました……」

もちろん、その日の食事は記憶に残るすばらしいものだった。そして、マルケとわたしが、料理人とか批評家といった枠を超え、ただ、料理という一つの物に対して同じ愛情を持ち、知識を高め、忠実に仕えてきた一人の人間同士として、同じ時間を分かち合えた、たった一度の貴重な晩となった。しかし、批評家としての自尊心が充分満足させられたという理由だけで、今こうして、あの日の記憶が頭の中に蘇ってきたわけではない。

マルケの料理の芸術性を語るには、トンカ豆のマドレーヌのことを説明するのがいちばんの近道だろう。〈マルケ〉で食べるデザートを想像するとき、豆だらけの貧弱なマドレーヌが皿の上にいくつか寝そべっているようなところを頭に思い描いたりしてはいけない。そんなことは、マルケに対する侮辱だ。デザートに〝マドレーヌ〟と名前がついていても、それは、ただたんにデザートの皿にマドレーヌを入れるための口実に過ぎないのだ。皿の上には、ほかにも、山のようにスポンジケーキ、コンフィ（砂糖漬け）、グラサージュ（シロップ漬け）、クレープ、チョコレート、サバイヨン（卵黄、砂糖、ワイン、あるいはシャンパンで作るムース状のクリーム）、熟したフルーツ、アイスクリーム、シャーベットがのせられ、その上に砂糖や蜂蜜がとろけ、全体を覆っていた。温かいものも冷たいものも口の中で一緒になって、舌の上で弾けたようになり、まるで素材のひとつひとつが口の中で激しいダンスを踊っているようだった。そして、心地いい刺激と満足感が、口の中いっぱいに広がっていった。特にアイスクリームとシャーベットの味が格別だった。アイスクリームは、わたしの大好物だ。乳脂肪分の多いアイスクリームに香料を加え、フルーツとカカオの粒をたっぷりまぶしたものも、ストロベリーやチョコレート味のビロードのような舌触りのするイタリアン・ジェラートも、ホイップクリームや桃やアーモンドをのせ、いろいろな種類のクリームをかけた、溶けかかったアイスクリームも、表面に固いクリームのコーティングがしてあるだけのただの棒アイスも、どれも大好きだ。アイスクリームの味は、さっぱりしているのに、ちょっとしつこいところもある。道端で、あるいはちょっと時間の空いたときや、夏の夜、テレビを見ながら食べるのにちょうどいいデザートだ。それに比べて、シャーベットを食べるときはとんでもなく暑かったり、ひどく喉が渇いているときだけに限られている。シャーベットの魅力は、氷のような冷たさとフルーツの味が同時に楽しめることだ。凍っていて硬い感じがしても、口の中に入れると、それが一気に溶け、見事な味のハーモニーがあふれだしてくる。わたしの目の前に置かれた皿の上には、三種類のシャーベットがのっていた。ひとつはトマトのシャーベット、もうひとつは昔ながらの森の果実のシャーベット、そして三つ目はオレンジのシャーベットだった。

〝シャーベット〟という言葉は、それ一つだけで何を意味するかがはっきりわかる。試しに、大きな声で「アイスが食べたい？」と言ってみてもらいたい。それから、「シャーベットが食べたい？」とすぐ続けて言ってみると、その違いがはっきりする。それは、例えば、玄関のドアを開けながら、「パンを買いに行ってくる」と言うのと、「ケーキを買いに行ってくる」（しかも、〝ケーキ〟という言葉は、わざと区切って〝ケ・ー・キ〟とはっきりと発音する）と言って出ていくのと同じような違いがある。これは、言葉の表現の魔法のようなもので、〝パン〟と言った場合には、ケーキのような甘い菓子パンも含まれるが、〝ケーキ〟と言った場合には、その言葉は、はっきりと〝ケーキ〟だけを指していることになる。同様に、〝シャーベット〟を食べたいかと聞かれたら、〝アイスクリーム〟のことを頭に思い浮かべる人はいないだろう（もちろん〝氷〟そのものだと思う人もいないはずだ）。逆に、〝アイス〟といった場合には、選択肢は三つある。だから、〝シャーベット〟という言葉を選んだ時点で、三つの選択肢の中から一つだけを選んだことになるのだ。聞かれたほうにも、何を勧められているのかが明確に伝わる。まるで上空から地上を見下ろしているように、はっきりと内容がわかるからだ。〝シャーベット〟という言葉は、航空写真のように意味がはっきり読み取れる表現なのだ。それと同じように、シャーベットを食べたときの感覚も、空から地上を見たときの感覚に似ている。シャーベットを口の中に入れると舌の上で溶けて、その液体が喉を通って、一瞬のうちに消えてなくなってしまう。シャーベットが跡形もなく消えてしまっても、口の中にはフルーツの味と香りがうっすらと残っている。シャーベットを食べたときも、空から地上を見下ろしたときも、その感動は一瞬でしかない。だが、その記憶はいつまでも心の中に残っているものなのだ。

わたしは、オレンジのシャーベットにとりかかることにした。何度も食べたことのある味だが、味覚というものは変わりやすいものだから、注意してよく味わうように食べた。そこでわたしは、ふと手を止めた。何かがいつもと違うのだ。わたしが今までじっくりと味わってきたシャーベットの味とは、何かが違っていた。水分が多くて、オレンジの果肉の小さな粒が口の中に残っていた。水とオレンジを絞ったものを容器に入れ、それを冷凍庫で凍らせただけのような感じだった。子供の頃雪が降ると、外で遊んでいて喉が渇いたときには、凍った雪を砕いて口に入れていた。それと同じような、水っぽいざらざらした感触だった。夏の暑い日に冷凍庫に首を突っこんでいると、祖母に見つかってよく怒られた。祖母は暑くなるといらいらして、水でたっぷり濡らしたふきんを絞ったり、暑さで力がなくなってその辺りに止まっているハエをたたいたりしていた。それでも氷ができると、即席のシャーベットを作って子供たちに食べさせてくれた。氷を容器に入れ、力いっぱいオレンジを絞って上からかけ、それをグラスにたっぷり盛っただけの簡単なものだったが、そのときは、まるで教会にある聖遺物のように思えた。マルケのシャーベットを食べたとき、わたしは祖母が作ってくれたシャーベットを思い出した。そして、あれほど貴重なものに出会えたことは、今までなかったのではないかという気がした。その晩、マルケの作ったオレンジのシャーベットのお蔭で、わたしは自分にとって本当に価値のあるもの、本当に好きなものがやっとわかったのだった。

その後、人目につかない暗がりで、わたしはマルケにそっと聞いてみた。

「あのシャーベット、どうやって作ったんだい？　あのオレンジのシャーベットだよ」

すると、マルケは、ふんわりと髪をわたしの肩に絡ませながら、耳元でこう言った。

「昔、おばあちゃんが作ってくれたのよ」

そして、弾けるような笑顔を見せた。

あの〝味〟は、もうすぐそこだ……。希望の灯火が見える……。シャーベット……。そして、クリームの味……。

マルケ

〈マルケ〉、モー（パリの東、マルヌ川右岸にある都庁所在地）近郊

間違いなく、あいつは最低の嫌な奴だわ。わたしの料理も、わたし自身も、あいつに食いつくされてしまった。がさつで品のない、偉そうな自惚れ屋。その辺にいる奴らとたいして変わりはないわ。はじめてこの店に来たときから、自分のために、わたしが恭しく料理の皿を運び、身体まで投げ出すと、本気で思っていたんだから……。本当に嫌な奴だった。でも、一緒に楽しいときを過ごしたこともあった。それはわたしも否定できない。料理の批評に関しては、あいつは天才的な才能を持っていた。だから、話していると楽しくてつい夢中になってしまうのよ。それに、二人で料理の話をしているときは、あいつは完全にわたしのものだった。あんな恋人には、滅多に巡り会えないわ。なんでも自由にさせてくれるし、人に自慢もできる……。

それとも、なんでも好き勝手にしていたのは、あいつのほうなのかもしれない。女はいつだって、自分の自由にできるペットのようなものだと思っていたのかもしれない――でも、そんなこと、どうだっていいわ。そうよ、どうだっていいことなんだわ。もしそうじゃなかったら、あい

つはもっと違う人間になっていたはずだもの。そうじゃない？

マヨネーズ

グルネル通り、寝室

己の欲望に屈することほど心地いいことはない。欲望に歯止めをかけず、欲するままにあらゆる食事を堪能し、その喜びをかみしめる。それは、途方もないぜいたくなのだ。ふかふかの絨毯の上をゆっくりと進みながら、店の支配人が近づいてくる。感情のない目でじっとこちらを見つめている。はじめて店に入ったときは、その目に出会うと、心の中で思わず身震いが出てしまうものだ。だが、なんの感情も読み取れない、人形のような目をしていても、客に対して敬意を払い、礼儀を尽くすことだけはきちんと心得ている。それは、社会の中で自分という存在が認められたことを意味する。店の中では客は客であり、ほかの何者でもない。その店の客であること以上に、何かを詮索されたり、値踏みされることはない。店の中に入ることができれば、それだけで充分なのだ。それだけで、自分という存在の価値を認めてもらうことができる。そして、ドキドキしながらメニューを開く。表には、古いナプキンのようなざらざらした手触りの、厚いダマスク織りの布が張ってある。たくさんの料理の名前があって、最初は何を頼んでいいものやらわからない。思わず目眩を起こしそうになるほどだ。まるで詩を読むように、視線が文字の上を滑っていく。料理の魅力は断片的にしか伝わってこない。それでも、偶然目にはいった料理が、どんなに豪華なものかと想像するとわくわくしてくるのだ。仔牛の腿肉……、ピスタチオのカッサート（砂糖漬けの果物が入ったアイスクリーム）……、アンコウのスカンピ（衣揚げ）……、今日水揚げされたばかりのものだろう……、当然、そうに決まっている……、ナスのゼリー寄せ……、これは、マスタードでちょっと味つけするといいかもしれない……、エシャロットのコンフィ（酢漬け）……、ボイルしたスズキのマリネ……、サバイヨン・アイスクリーム……、レーズンがたっぷりのっているのだろうか……、生のオマール・エビ、北京ダックのロースト……。そこで目が止まる。料理の詳しい説明を読むと、まるで魔法にかかったようにうっとりしてしまう。

北京ダックのロースト：北京ダックをベルベル（北アフリカの山岳地帯や砂漠に多く分布する種族やその文化）風にローストしたものに、角切りのジャマイカ産のグレープフルーツとエシャロットのコンフィを添えたもの

思わず口の中に唾液が溢れ出す。店の雰囲気にはそぐわないとわかっていても、抑えることはできない。みるみるうちに想像が膨らみ、それが頂点にまで達する。メニューに書かれた言葉がメロディーを奏で、すっかりその音楽の虜になってしまう。

まるで雷に打たれたように身体に衝撃が走る。だが、それはベルベル風にローストした北京ダ

ックのせいでも、角切りのグレープフルーツのせいでもない。スパイスの効いた北京ダックがこんがり焼けて金色になったところや、グレープフルーツの甘い味をいくら頭の中に思い描いても、全身が痺れるほどの感動はない。ところが、エシャロットのコンフィのことを考えると、すぐに口の中にとろけるような感覚が湧き上がってくる。新鮮なショウガと、タマネギのマリネの匂いが混ざり合い、ムスクのような香りが舌を刺激する。その繊細でなんとも名状しがたい豊かな味わいに圧倒され、それ以外の料理は何も目に入らなくなる。それでも、まだ注文はしない。すると、〝北京ダックのロースト〟という文字からも、まるで詩の一節を朗読しているかのように、だんだんとイメージがわいてくる。頭の中に、中国の市場の賑やかな映像が浮かびあがる。騒々しい音まで聞こえてきそうだ。北京ダックの焼けるいい匂いが、風に乗ってここまで漂ってくるような気がする。焼きたての肉は、表面はパリパリなのに中はとろけるようにやわらかい。中国では、不思議なことに、アヒルの肉をローストするのに串も網も使わない。想像が膨らんでくると、匂いや味だけでなく、調理方法にまで興味をそそられるようになる。そこまで来れば、その日のメニューはもう決まりだ。あとは、それを実行に移すだけだ。

いったいどのくらい、こんなふうに、自分の食べたことのない料理を空想して楽しんだことだろう。値段のことなど気にするのは無駄なことだ。料理を食べて得られる喜びは、金銭とは無関係だ。食事をするたびに、そのことを実感してきた。あの日わたしは、また何か新しい発見ができるのではないかと期待して、〈レジエール〉へ足を運んだのだった。そして、厨房の中を見せてもらうことにした。だが、どんなおいしそうな料理にも食指が動かされず、わたしはいささかうんざりしていた。その日、わたしを夢中にさせたのは、なんの変哲もないただのマヨネーズだった。

わたしは通りすがりに、その辺りに置いてあった皿に無造作に指を突っこんだ。それはまるで、水の上を滑るボートに乗って冷たい水に手を浸すような感覚だった。わたしはレジエールと、彼が新しく開発したメニューについて話をしているところだった。午後も遅い時間で、昼食客の波がやっと引いた頃だった。レジエールの作る料理は、祖母が昔作ってくれた料理に似ていた。馴染みのある国へ行ってハーレムに紛れこんだような、不思議な感覚がした。そこでわたしはあるものを口に入れて、愕然とした。そのあるものとは、ただのマヨネーズだった。だが、その味にわたしはすっかりうろたえてしまった。ライオンの群れの中に迷いこんだ羊のような心境だった。昔からずっと使われてきた調味料に、突然、古風な言葉で話しかけられたような気がした。

「なんだい、これは?」

わたしは、どうして普通の家庭で使うただのマヨネーズがこんなところにあるのか、という意味で聞いたのだが、相手にそれは伝わらなかった。

「なにって、ただのマヨネーズですよ」

レジエールは笑いながら答えた。いかにも、マヨネーズも知らないのか、と言いたげな雰囲気だった。

「なんの変哲もない、ただのマヨネーズじゃありませんか」

「そう、ただのマヨネーズだ」

レジエールの言葉を、わたしは繰り返した。

「だが、その使い方がわからないんだ。マヨネーズのいちばんおいしい食べ方が。卵と油と塩、それから胡椒。それだけしか入っていないんだからな。いったい、これを何に使うつもりなんだい？」

レジエールは、わたしの顔をじっと見つめた。そして、ゆっくりと言葉を区切りながら言った。

「いいですよ、お教えしましょう。何に使うか、お教えしましょう」

そう言いおわると、今度は、鍋と野菜とコールドポークのローストを持ってくるように言いつけた。材料が運ばれてくると、すぐに野菜の皮をむきはじめた。

どうやって食べるのがマヨネーズのいちばんおいしい食べ方なのか、わたしはそんなこともすっかり忘れていた。いちばん大切な骨組みとなる、料理の基本と呼ばれることなのに、そんなことすら忘れていたのだ。レジエールのお蔭で、わたしはそれに気づくことができた。レジエールは、一言も非難めいたことは言わなかった。ただちょっと馬鹿にしたような顔をしただけで、マヨネーズのいちばんおいしい食べ方をわたしに教えてくれた。しかも、わざわざ自分の手で調理してくれたのだ。名のある料理人が、基本的な料理を作ることなど滅多にないことなのだ。レジエールは、わたしが料理の批評家ということで、特別な計らいをしてくれたのだろう。そもそも、料理人と批評家は両方揃っていてやっと意味のあるもの、テーブルクロスとナプキンのようなものだからだ。しょっちゅう顔を合わせ、互いの役目を助け合い、いっしょに仕事をするものだが、実は、心の底では嫌い合っているのだ。

ニンジン、セロリ、キュウリ、トマト、ピーマン、ラディッシュ、カリフラワー、ブロッコリー。レジエールは、次々と野菜を適当な大きさに刻んでいった。カリフラワーとブロッコリーは、茎の先に花が咲いているような形になっていて、小さく刻むことができないので、大きな塊のまま切っていった。それから、いかにもおいしそうなコールドポークのローストを薄くスライスして、刻んだ野菜に添えた。これで準備は整った。

野菜の盛り合わせにマヨネーズを添えただけのものが、官能的な喜びを与えるものだなどということを考えつく人がいるだろうか。みずみずしい野菜が、クリームのようななめらかなマヨネーズに浸される。すると、互いの持つ自然な風味が混ざり合い、別々に食べたときとはまったく違う新しい味が生まれるのだ。ちょうど、パンにバターを塗って焼くと、パンにバターが染みこんでバター・トーストというまったく新しい食べ物になってしまうのと同じように。しっかり調理してしまうと、素材が持つ自然な風味が失われてしまうものだが、刻んだ野菜にマヨネーズをつけただけなら、どちらも本来の持ち味を消すことなく、うまく混ざり合うことができるのだ。まるで二つの身体が重なり合い、一つになるように、野菜とマヨネーズというみずみずしい二つの素材が、互いの味を尊重し合いながら一つに溶け合っていく。マヨネーズをコールドポークにつけると、また違った味が楽しめる。薄くスライスした肉は、軽く嚙んだだけですぐに形が崩れてしまう。すると、歯の間からマヨネーズの味が滲み出し、口の中いっぱいに広がる。肉を嚙むたびに、ビロードのようななめらかな舌触りの、少し酸味のある味があふれてくる。マヨネーズの味には酸味があるだけで、ピリッとする刺激も舌がヒリヒリするような辛さもない。だから、口の中はいつも驚くほど潤いがあり、心地いい感覚に満たされるのだ。野菜は、洗練された味わいのある、美しい蓋付きの丸い皿に盛られて出てきた。野菜には、それぞれの味の個性があった。ラディッシュとカリフラワーはちょっと辛味があって横柄な感じがしたし、トマトにはみずみずしい甘さがあった。ブロッコリーはほんの少し酸味があり、ニンジンには自然の恵みが生きていた。そして、セロリは歯ごたえがあった……。これこそがご馳走だった。

まるで、夏に森へピクニックに出かけたときのことを思い出すように、この日の食事のことが脳裏に蘇ってきた。頭の中のイメージでは、太陽が輝き、心地いい風が吹いている。記念写真を撮って思い出の一ページを重ねるように、わたしはそのイメージを記憶の中にしまいこんでいたのだ。ところが、急に嵐が来て水面に波が立ち、自分が本当に求めているもの、真実の姿が記憶の奥底から浮かび上がってきた。脳裏にそのイメージがよみがえってきたとき、わたしは、コンサートホールにいるときのように拍手喝采を浴びせ、歓びの声を上げたい気分だった。以前にも話したことがあると思うが、わたしの母は、目も当てられないほど料理が下手だった。だから、マヨネーズは頻繁に食卓に上っていたが、いつもスーパーで買ってきた瓶詰めのものだった。手作りの本物のマヨネーズに対して失礼かもしれないが、我が家では、それで充分おいしいと思っていた。瓶詰めのマヨネーズには、目には見えないところで工夫がこらされ、自然の素材の味に近い独特の味わいがあるからなのだ。だが、そのことはあまり知られていない。どんなに料理のうまい人でも、マヨネーズがうまくできなくて悲しい思いをしたことがあるはずだ。手早くかき混ぜないと、油が分離して均等に混ざらなくなってしまうし、あまり強くかき混ぜると、粘りが出すぎてしまう。クリームのようになめらかで、軽い粘りを出すためには、ほんのちょっとしたことにも気を使わなければならない。ところが、そんなことまでしてやっと作っても、時間が経つにつれだんだん味が変わって、なめらかさもなくなってしまうのだ。だが、スーパーのマヨネーズなら、粘りも味も変わらない。いつまでもなめらかな、本当になめらかな食感が味わえる。種も仕掛けもない、ただのマヨネーズの味が、わたしはなによりも好きなのだ。ほかのものでは味わえないおいしさなのだ。マヨネーズを口の中に入れて、それが舌の上でとろけるとき、わたしはすっかりその味の虜になって、骨抜きにされてしまうのだ。

そうだ、これなのだ。もう少しで、あの〝味〟にたどり着けそうだ。北京ダックのローストから瓶詰めのマヨネーズのことを思い出すことができた。そして、瓶詰めのマヨネーズが並んだスーパーの棚の奥に、何かが隠されているような気がする。それも小さなスーパー、町の食料品店のような汚い店だ。暗い店の中に、整然と商品が並べられている。そのイメージを頭の中に思い描くと、深い喜びが湧き上がってくるのだった。だが同時に、罪悪感のような心の疼きも感じていた。そうだ、スーパーだ……。心の中にさざなみが立つように、胸が騒ぐ……。そうだ、たぶん……。きっと、もう見つかる……。

グルネル通り、廊下

ポール

なんて馬鹿な奴なんだ。

自分と関わりを持った人間を、一人残らず不幸にして死んでいくつもりなんだろうか。子供たちも、奥さんも、愛人たちもみんな。おまけに最後の最後の瞬間に、自分がこれまでしてきたことまで否定するつもりなんだろうか。誰がどんなに頼んだって、聞き入れてなんかくれない。理解することすらできないんだ。それなのに、自分が今までしてきたことを思い返して、罪を悔い改めようとでもいうつもりなんだろうか。俺たちのことだって、乞食か、その辺をうろついてるうす汚い連中と大差ないといつも思っているくせに。自分の進む道と違う方向に行こうとする者も、自分の理解できないことも全部切り捨ててしまうんだから——結局は、自分が不幸になるだけなのに。いろいろ考えて人に説教したりしても、自分のことには気がつかないんだろうか。食べるもののことなんて……。いったい、何を考えているんだ？　あのじいさんは、何がしたいんだ？　探し求めている〝味〟が見つかれば、今まで理解できなかったことがすべて解決するとでもいうのか?　自分は心が石でできているような冷血漢だということに、やっと気がつくとでもいうのだろうか?　そんな奴でも、批評家として成功するために必要なものはすべて揃っていた。文章を書く才能も、感性も、大胆さも、華やかさも、すべて持っていた。書く文章には詩のように甘美な響きがあり、読む者の心を酔わせるのだ。その表現力にかかれば、どんな食べ物だってオリンポスの神々に捧げられた極上のごちそうになってしまう。その言葉に惑わされて、何度となく、ただのなんでもないトリップ(牛の胃・腸の煮込み)を食べさせられたことか。文章の表現力のすばらしさに、何かもっと違うものを想像してしまうのだ。読んでいるうちに、書いてある文字から光があふれてくるような印象を受ける。料理の批評などということは、そのあふれるばかりの才能を世に送り出すためのたんなる手段でしかなかったのではないだろうか。そこにはさまざまな感情が描きだされ、厳しい批判や苦悩、失敗談なども書かれている——あまりにも才能がありすぎたために、家族や自分の感情まで分析するようになってしまったのかもしれない。そして、間違った道に入りこんで、そのまま出てこられなくなってしまったのだろう。飾り物のほうにばかり気をとられて、本当に大切なものを見失ってしまったのだ。なんて馬鹿な奴なんだ……。ああ、胸が張り裂けるようだ……。

　俺のことにしたって、自分の仕事がうまくいくかどうかってことばかり気にかかって、本当のことなんか何も見ちゃいない。俺が本当は血気盛んな若い野心家だってことも、じいさんに付き合ってこんな暮らしをするのは嫌々なんだってこともわかっちゃいない。いつだって、しつこいくらい会話の邪魔をしてやっているのに。子供たちに対してだって遠慮があるから、なんとか皮肉な態度を和らげてもらえるように心を配ったりもしている。一緒にいれば、俺の実力を世間に認めてもらえるかもしれないと思って、チャンスがあれば、なんとか目立とうとして派手なことをやって見せたりしているのに、それにも全然気づかない。甥っ子のポールは、いちばん目をかけているかわいい子で、反抗もしないし、言いつけもきちんと守る。大声でしゃべったりもしないし、囁くように、でもちゃんと聞こえる声ではっきりと話す。そんなふうに思っているんだ。それに比べて、自分の息子は、どうしてあんなに騒々しくて、乱暴で、反抗的なのかと思っているに違いない。父親が横暴だったから、息子がそんなふうになってしまったんだなんて考えてみたこともないんだろう。たとえ気づかずにやってしまったのだとしても、息子の欲求や性格をことごとく否定して、子供の心にとげを刺し、反抗心を植えつけたのは、ほかならぬ自分自身だというのに。そして、この俺は、その最低の奴に魂を売ってしまったのだ。しかし、あれほど地位も名声もある人物に是非にと望まれれば、野心のある若い男なら誰だって誘いを断わることはできないだろう。だが、この俺は、本当にこれで満足なのだろうか？　デミウルゴス（造物神。プラトン哲学では、物質的宇宙の創造主で、建築神。グノーシス思想では、時に悪の創造神ともみなされる）の引き立て役に成り下がり、批判を代わりに引き受ける損な役回りだけで、本当に満足しているのだろうか？　ああ、なんて馬鹿なんだ、あのじいさんは……。なんて馬鹿なじいさんなんだ……。あんなに息子のジャンのことを嫌って、俺にもそれを隠そうとしないんだから。でも、俺もジャンもたいして変わりゃしない。二人とも、あのじいさんのせいでこうなったんだ。ただ一つ違うところは、じいさんが死んだら俺は喜ぶけど、ジャンは悲しむってことだけだ。

でも、もう遅すぎる。魂の救いのために、本当のことを話すにはもう遅すぎる。俺はそれほど信心深いわけじゃないから、人間は最後の瞬間に罪を悔い改めるとか償いをする、なんていうことは、どうも信じられない。俺は自分自身の罪を背負ってこれからも生きていく。そして、最期を迎えるときまで、それを思い出すこともないだろう。

だが、ジャンにだけは話しておくことにしよう。

啓示

グルネル通り、寝室

　突然、わたしの心にあるものがひらめいた。目には涙があふれてきた。わたしは、その言葉をつぶやいた。だが、周りにいる者たちには、わたしが何を言っているのか理解できないようだった。わたしは喜びの涙にくれた。そして、同時に笑った。腕を伸ばし、痙攣を抑えながら、空中に円をいくつか描いてみせた。アンナとポールが枕元へやって来て、心配そうにわたしを見つめた。今はもう、臨終を迎えた老人らしく、子供に返って、おとなしく人生の終焉を迎えるべきなのだ。それはわたしにも充分わかっていた。だが、あらん限りの力を振り絞って、最後にもう一度興奮を味わいたかった。ところが、目の前に大きな巨人が立ちはだかっていた――わたしは、自分の言いたいことを言葉で伝えることがもうできなくなっていたのだ。

「ポー……ル……。ポー……ル。た……頼み……たいこ……ことが……あ……るんだ」

　やっとのことで、わたしはそう言った。

　ポールは身をかがめ、自分の鼻がわたしの鼻にくっつくくらい顔を近づけてきた。眉間にしわを寄せ、不安そうな青い瞳でわたしを見つめている。はっきり聞こえない言葉をなんとか理解しようとしてくれているのが、わたしにもよくわかった。

「なんですか？　おじさん。どうしてほしいんです？　何をしてほしいんですか？」

「シュ……シューケット（小さいシュークリームの上に砂糖がまぶしてあるもの）を……、か……買ってきて……くれ」

その言葉をやっと口に出したとき、わたしの心は喜びであふれそうになった。胸が高鳴り、呼吸が苦しくなってきた。もうこれが最後の瞬間なのではないかと恐ろしくなるほどだった。わたしは身体をこわばらせ、最悪の事態が訪れるのを待った。しかし、何事も起こらなかった。そして、また普通に息ができるようになった。

「シューケットですって？　シューケットが食べたいんですか？」

ポールのその言葉に、わたしはうっすらと苦笑いを浮かべながら、小さく頷いた。すると、ポールの唇の端が、同じように皮肉な笑いでかすかにゆがむのが見えた。

「じゃあ、それだったんですね、おじさん。おじさんが探していたのは、シューケットだったんですね？」

ポールは、わたしの手を優しく握り締めて言った。

「じゃあ、買ってきます。すぐに行って、買ってきますから」

ポールの後ろには、アンナが立っていた。アンナは、急に力がわいてきたようだった。興奮した声でポールに話しかけるのが聞こえた。

「〈ルノートル〉へ行ってきて。ここからいちばん近いから」

それを聞いて、わたしは、恐ろしくて胸が締めつけられるように苦しくなった。まるで、ひどい悪夢を見ているようだった。周りにいる人はものすごい速さで動いているのに、自分の口からはなかなか言葉が出てこないのだ。それは、永遠かと思われるほど長い時間だった。わたしの言葉がまだ届かないうちに、ポールがもうドアを開けて出ていこうとしている。何か言葉をかけ、わたしの最後の望みをかなえようと、今にもここから消えていこうとしている。わたしはなんとか身体を動かし、盛んに手足をばたつかせた。すると、うまい具合に枕が床の上に転がった。神はまだわたしを見捨ててはいなかった。奇跡が起こったのだ。なんとも形容しがたい安堵感が胸に広がった。ポールが、わたしのほうを振り返った。

「どうかしたんですか？　おじさん」

そう言うと、ポールは、枕元までたった二歩で跳んできた。素早い敏捷な動きだった。だが、昔見た映画のように、どこか違う世界にいるような、途切れ途切れの映像にしか見えなかった――ポールは、またわたしの声の届くところまで顔を寄せた。わたしはほっとして、ため息をついた。しかし、それは苦しそうな喘ぎ声にしか聞こえなかった。アンナも、床に転がった枕を拾おうと駆け寄ってきた。二人が心配そうに、顔を引きつらせているのを見て、なんとか安心させようと身振りで合図をするのだが、それがよけいに不安を煽っているようだった。わたしは蚊の鳴くような、小さなかすれた声で言った。

「〈ルノートル〉……は、……だめだ……。〈ルノートル〉じゃ……だめなんだ……。ケ……ケーキ屋じゃ……なくて……、〈ルクレール〉……の……ビ……ビニール……の袋に……は……入った……シュー……ケットが……食べたいんだ……」

わたしは、そこで一呼吸おいてから、また話しはじめた。

「や……やわらかい……シューケット……。スーパー……の……やわらかい……シューケットが……た……食べたい」

そう言いおわると、わたしは、ポールの目の奥をじっと覗きこんだ。ポールを見つめるわたしの瞳には、希望と絶望の両方が浮かんでいたはずだ。たとえ望みがかなえられたとしても、あとわずかな時間でわたしは死んでいくのだ。ポールは、わたしのその気持ちを理解してくれた。そして、静かに頷いた。こんなふうに誰かが頷くところを、昔見たことがあった。同じ苦しみを分かち合い、何も言わなくても、互いに頷くだけで気持ちが通じていたことがあったのだ。だが、わたしにはそれ以上話す気力がもうなかった。ポールがほとんど駆け出すようにして部屋を出ていく姿が目に入った。わたしの意識はまた、真綿にくるまれているような、心地いい空想の世界に沈んでいった。

それは、透明のビニールの袋に入っていた。木の陳列棚の上に、バゲットやパン・コンプレ（フスマ入りのパン）、ブリオッシュ、フラン（カスタード・クリームをパイなどに詰めたオードブルやデザート）などのとなりに、袋詰めのシューケットがおとなしく並んでいた。カウンターの前の陳列棚の上には、包装されていない、いろいろなパンが乱雑に置いてあった。パンの表面が空気に触れてかたくなることなど、まるで気にかけていない様子だった。ところが、シューケットは、まだ熱いうちに袋に詰めてしまったので、底のほうにひと塊りになってくっついていた。そしてひとつひとつが、まるで眠っている子犬のように重なり合っていた。さっき運ばれてきたばかりのできたてのものは、まだ湯気を立てていた。だが、袋の中では逃げ道がなくて、湯気がたまっていた。そのお蔭でシューケットがふやけて、よけいにやわらかくなるのだった。

シュークリームのおいしさの基準は、シュー生地のおいしさにある。かたいものではだめなのだ。かといって、ゴムみたいなものや、ぐにゃぐにゃのものや、パリパリに乾いたものでもだめだ。やわらかすぎず、かたすぎず、ほどよい食感が必要なのだ。シュー生地の食感を損なわないように、どの程度までクリームを入れるかは、ケーキ職人の腕にかかっている。口に入れたとき、クリームとシュー生地の区別がちゃんとつくことが重要なポイントなのだ。しかし、シューケットが世間の注目を集めることなどあまりない。わたしもシュークリームについてなら何度か記事を書き、そのために多くのページを割いてきた――おいしくないシュー生地は、中のクリームと生地のバターの味の区別がまるでつかなくなっている。生地はグニャリとしていて、まるで、自分からクリームと一体化しているような感じがするのだ――わたしの求める〝味〟はこれではない。もっと、何かが違うのだ。

自分自身でも、どうやって説明したらいいものかわからない。どうしたら自分の好きなもの、その味、そしてそれを食べたときの喜びを、よけいな表現を付け加えたり変なふうにねじまげたりせず、正確に伝えることができるだろうか？　わたしは、ふと十五歳のときのことを思い出した。このくらいの年頃にはよくあることだが、学校からの帰り道のことで、ものすごくお腹を空かせていたときだ。今はまだ頭ははっきりしているから、判断力は鈍っていないはずだ。だが、こんなことを思い出したのは今日がはじめてなので、何かとんでもない記憶違いをしていないかと、それだけが心配だ。これまで、こうしてさまざまなことが記憶に蘇ってきた。そのどれについても、わたしは後悔などしていない。自分を責めたり、わずかな郷愁を感じたりすることもない。それはただ、わたしの求める〝味〟を取り戻すために必要なことだったのだ。最後に食べた、あのシュークェットの味を。

わたしは、乱暴にビニールの袋を破いて穴をあけた。そして、それを引き裂いて、さらに穴を大きく広げた。お腹が空いて、イライラしていたのだ。袋の中に手を突っこむと、溶けた砂糖が手にべったりとくっついた。冷めないうちにビニールの袋に入れたので、湯気がこもって砂糖が溶けてしまったのだ。手のベタベタした感触は嫌だったが、それも構わず、袋の中からシューケットを一つゆっくりと取り出し、静かに口まで運んでいく。目を閉じて、それを夢中になって頰張った。

何かを食べるときの一口目、二口目、三口目くらいまでを、文章で表現している人は数多くいる。その中で、実にさまざまな表現が使われる。どれも実際に体験したことなのだろう。しかし、どんなに言葉を尽くしても、シューケットを口に入れたときの感動を言い表わすことはできない。しっとりしたシュー生地は、性的な快楽にも似た喜びを与えてくれる。溶けた砂糖が、舌の上でさらにとろけ、優しいメロディーを奏でているように、口の中全体にゆっくりと甘さが広がっていく。シュー生地は、優雅にバレエを踊っているような軽やかな音を歯の間でたてている。シューケットが口の奥のほうまで入っていく。そのやわらかさが頰の内側の粘膜に触れ、なめらかな生地ととろりとしたクリームが混ざり合い、歯ごたえに弾力性が増す。砂糖の甘さがしみてきて、味にメリハリをつけ、完璧なおいしさにさらに磨きがかかる。わたしは一つめのシューケットを慌てて飲みこんだ。数えたら、袋にはまだ十九個も入っていたからだ。最後の一個を食べおわる前に、臨終のときを迎えるのではないかという絶望感に襲われながら、わたしはシューケットをひたすら食べつづけた。あと最後の一個を残すのみとなったとき、やっと心にゆとりが出てきた。溶けた砂糖が袋の底にこびりつき、そこにシューケットの最後の一個がしっかりと張りついていた。袋に手を入れ、べとべとになった指で、最後の一個をつかんだ。この小さな丸い菓子に、わたしはすっかり魔法をかけられてしまったようだ。最後のシューケットを口に頰張り、ついにわたしの最後の晩餐が幕を閉じた。

工場で大量生産された生地に、ベタベタの砂糖。それでも、スーパーのシューケットには、ほとんど神秘的とも言えるおいしさがある。その魅力を舌の上で味わいながら、わたしは、神のいる高みに到達した。これまでずっと、名声を手に入れるために、自分で本当に食べたいと思うものは犠牲にしてきた。そのせいで、自分が食べたいものが本当は何なのかわからなくなっていたのだ。人生の終焉のときを迎えて、わたしはついにそれを取り戻すことができた。

神のいる高みに到達するということは、自分が本当に望むものを、人と分かち合うことなく独り占めして味わうことだ。そのためには、何が自分にとっていちばん嬉しいことなのか、もう一度最初に立ち戻って考え、そうでないものは容赦なく取り除かなければならない。神のいる高みとは、自分が本当に望むことがかなえられたとき、心の中に芽生える無上の喜びのことなのだ。不思議なもので、自分が本当に望んでいることは、心の奥、人には見えないところにじっと潜んでいる。その望みを実現させるために、わたしは息を吹き返し、自分の存在価値を認めることができた。シューケットが、わたしを神のいる天の高みへ昇らせてくれたのだ。これまでも、シューケットの価値を認めるような記事を書こうと思えば書くことができたはずだ。だが、今までは否定するようなことばかり書いてきた。死ぬ間際になってやっと、しかもあちこち思考をさまよわせた末に、とうとう本当に自分が求めている〝味〟を見つけたのだ。わたしが死ぬ前に、ポールはシューケットを買って戻ってこられるかどうかわからない。だが、そんなことはたいして重要ではないのだ。

問題なのは、食べることでも生き延びることでもない。大切なのは、答えを見つけ出すことだ。

父と子とシューケットの御名において、アーメン。わたしは、もう、息絶える。

訳者あとがき

本書は、ミュリエル・バルベリの記念すべき長篇第一作である。著者自身が、《オプセルバトゥール》誌のインタビューの中で語っているように、これまで数多くの作品を書こうとしてきたが、どれも完成に至らず、本書が最後まで書き上げることのできたはじめての作品となった。しかし、はじめて世に送り出した作品とはとても思えないほどの仕上がりになっており、本国フランスでも、《エル》や《ル・モンド》をはじめとする多数の新聞・雑誌で絶賛されている。その実力は、二〇〇〇年度の「最優秀料理小説賞」を受賞したことでも明らかだ。この賞は、日本ではあまり知られていないが、文芸と料理・美食、双方の要素を兼ね備えた文芸作品に贈られるもので、授賞式も美食と料理の中心地ペリグーでおこなわれる。いかにも、美食のかぎりをつくしてきた高名な料理評論家が主人公のこの作品にふさわしい賞である。また、文芸誌《リテレール》も、最近一年間にフランス国内で出版された新人作家の七十六作品の中から、特に優れた二十八冊のうちの一冊として本書を取り上げている。

著者のミュリエル・バルベリは現在、三十一歳。ノルマンディー郊外の閑静な住宅街に居を構え、本書の主人公もかつて飼っていたダルメシアンと共に生活している。本書の中で、「ダルメシアンの頭からは焼き立てのパンの匂いがする」という不思議なエピソードが紹介されているが、それは、著者自身の体験に基づいたものだそうだ。《エル》で、作品同様洗練された女性と評されるほどのバルベリだが、実生活では、本書の主人公が〈マルケ〉で味わったような贅沢な晩餐はまだ経験したことがなく、主人公が詩の朗読のように読み上げたメニューは、どこかで見たものをそのまま書き写したものだという。教職に就いていたある日、「本当に教師でいるのが嫌で嫌でたまらなくなり、どうして料理評論家にならなかったのかと自問自答した」ことからこの作品が誕生した。

死を目前に控え、人は何を思うのか？　「最後の晩餐には何を食べたいか？」という質問ならばよく聞かれるが、今にも死のうとしている人間が、かつて味わったことがあるのに今は忘れてしまった味を、死ぬ前になんとか思い出したいなどと考えるようなことが果たしてあるのだろうか？　しかも、贅沢な食事をたくさん経験してきた男がたどりついたその味は、意外にも高級レストランなどではなく、身近な所でお手軽に手に入るものだったとは、なんとも皮肉な話である。

この作品で最も注目すべきところは、その構成である。主人公である、死を目前にした料理評論家の老人と、彼を取り巻くあらゆる人、物、動物たちが、一章ごとに交互に登場しては語り手となっている点である。主人公の回想と入れ替わりに、家族や友人、愛人、使用人、仕事仲間からペットの猫や書斎の彫像に至るまで、ありとあらゆる人や物が、それぞれの視点から主人公の老人のひととなりを語っていく。ところが、そのほとんどが老人に対する手厳しい批判で、そこから、この人物がどのような人生を送ってきたかが読み取れるようになっているのだ。

仕事で成功し、財を成し、輝かしい業績を残し、何もかも手に入れたかのように見えても、家族から見放され、心を打ち明けられるのは飼い猫だけ。ありとあらゆる贅沢な食事を堪能してきたにもかかわらず、結局、死の床で懐かしむ味は単純で素朴な味だった。何もかも手に入れたように感じていたが、実際は、大切なものをすべて失ってしまっていた。まるで、〝青い鳥〟のように、幸福はいつでも自分のそばにあったのに気づかなかったのだ。

この作品には、ときにユーモラス、ときに辛辣な語りのなかに、物質主義の現代に生きるわたしたちに、本当に大事なものは何なのか立ち止まって考えさせる力がある。きっと誰もが持っているだろう食べ物にまつわる幸せな思い出を心に浮かべながら、そのときの豊かな気持ちを取り戻していただけたらと思う。

二〇〇一年六月

訳者略歴　中央大学仏文学科卒、フランス文
学翻訳者　訳書『趣味の問題』バラン

至福《しふく》の味《あじ》

2001年7月31日　初版発行
2008年9月30日　再版発行

著者　ミュリエル・バルベリ

訳者　高橋利絵子《たかはしりえこ》

発行者　早川　浩

発行所　株式会社早川書房
東京都千代田区神田多町2－2
電話　03－3252－3111（大代表）
振替　00160－3－47799
http://www.hayakawa-online.co.jp

印刷所　株式会社精興社
製本所　大口製本印刷株式会社

Printed and bound in Japan

ISBN978-4-15-208356-2　C0097

儚《はかな》い光

FUGITIVE PIECES

アン・マイクルズ
黒原敏行訳
46判上製

ナチスの殺戮を逃れた少年ヤーコプは、学者アトスに救われた。心に深い傷を負った少年を、アトスは深い慈愛で守り、豊かな学問を授ける。やがて戦争は終わるが、過去の悪夢から逃れられぬヤーコプは詩に救いを見出すようになる。そして最愛の妻に巡り合ったヤーコプが遂に得た人生の喜びは、新たな意味を持とうとしていた……。生きる意味を探し彷徨する魂を、流麗な文体で紡ぎ、オレンジ小説賞ほか10賞を受賞した珠玉の大作。

早川書房の文芸書

ザ・ロード

The Road

コーマック・マッカーシー
黒原敏行訳
46判上製

ピュリッツァー賞受賞作

空には暗雲がたれこめ、気温は石がひび割れるほど低い。目の前には、見渡すかぎりの廃墟と降り積もる灰色の雪に覆われた世界が広がる。父と子はならず者から逃れ、必死に南への道をたどるが……。世界は本当に終わってしまったのか？　『すべての美しい馬』『血と暴力の国』の巨匠が、滅びゆく大陸を漂流する父子の旅路を独自の筆致で描く傑作長篇